10.99

D1318632

COLLECTION FOLIO

Yasmina Traboulsi

Les enfants
de la Place

Mercure de France

Yasmina Traboulsi est née en 1975 de mère brésilienne et de père libanais. *Les enfants de la Place* a été couronné par le prix du Premier Roman 2003.

À Rindala et Zeina.
À Samir, Paula et Kamal.

PERSONNAGES

MARIA APARECIDA : *reine de la Place.*

GRINGA : *l'étrangère.*

PIPOCA : *vendeur de pop-corn diabétique et analphabète.*

ZÉ ET MANUEL : *ados de quinze ans, amants et séropositifs.*

GABRIELA L'ORPHELINE : *jeune prostituée insolente.*

SÉRGIO : *petit vendeur de bonbons et mouchoirs.*

ANTONIA : *mère de Sérgio.*

IVONE : *midinette gardienne de couvent.*

MAMA LOURDES : *voyante de pacotille.*

TONIO LE BORGNE : *musicien difforme.*

TERESA LA DÉVOTE : *grenouille de bénitier.*

LE CHIEN ERRANT : *mascotte de la Place.*

OTÁVIO : *écrivain raté, alcoolique.*

RUBI ET SAFIR : *sœurs jumelles à la tendresse infinie.*

PADRE DENILSON : *jeune prêtre idéaliste.*

SÔNIA LA PUTAIN : *vieille pute au grand cœur.*

DOUTOR AUGUSTO : *aristocrate communiste.*

TURCO : *bel hidalgo voyageur.*

L'ACCORDEUR : *fils de Maria Aparecida.*

NINA LA NORDESTINE : *vieille connaissance de Maria Aparecida.*

SALVADOR

J'ai vu le jour dans une bicoque de tôles et de cartons, ramassés par-ci par-là, au hasard. Contrairement à ce que vous pourriez penser j'ai été une petite fille heureuse. Maman était couturière, j'aimais l'aider, surtout pour le Carnaval. Paillettes, breloques et froufrous illuminaient nos misérables vies.

Ah, j'oublie de vous dire, je m'appelle Maria Aparecida, je suis fille de Iemanjá[1], comme toutes les filles de Bahia. Quand on est l'enfant de la mer, on n'a plus besoin de père. Voyez ce baluchon, je le traîne depuis des années. C'est mon « chez-moi », mon unique possession. Maman me l'a donné avant de mourir. Son seul héritage. Elle y avait rassemblé ses plus belles robes pour que je les vende, me faisant promettre de ne jamais devenir danseuse. J'ai juré pour

1. Déesse de la mer.

13

la rassurer, mais vite le démon de la samba m'a happée. De ma gloire passée, de mes diamants de pacotille, il ne reste que ce maigre baluchon. L'argent a brûlé entre mes doigts, mes années de débauche ont tout saccagé. Aparecida la magnifique est devenue cette vieille qui vous parle. Parfois je rêve et m'imagine dans un de ces sobrados colorés qui bordent la Place, accoudée à ma fenêtre, bavardant avec les oiseaux. C'est trop beau, alors, pour me consoler, je dors dans l'église de padre Denilson. À la nuit tombée, je pousse la petite grille de fer et me réfugie dans ses murs bleu délavé. Ce n'est pas aussi grandiose que la basilique mais j'aime sa simplicité. L'or de São José m'aveugle, j'y ai fait des insomnies et Teresa, l'oiseau de malheur, m'empêche d'y entrer. À l'église, j'ai un petit coin à moi, en bas de la statue de Nossa Senhora da Aparecida. On a le même prénom, ça nous rapproche.

Je suis gros et paresseux. Ici sur la Place perchée au sommet du Pelourinho[1], on me surnomme Pipoca[2]. Je vends des pop-corn, c'est facile et puis, pour tout vous dire, je ne sors pas

1. Quartier historique de Salvador de Bahia.
2. Pop-Corn.

de la cuisse de Jupiter alors... J'aime la bière et le sucre, j'ai un ventre énorme et un taux de diabète record. Je considère que vendre des pop-corn sur la Place est un métier de santé publique. Oui, de santé publique ! Ne me regarde pas avec ces yeux ronds, Gringa ! Oui, contre quelques sous, je régale les mômes, je guéris les chagrins d'amour, j'offre un dessert bon marché aux touristes et puis... le plus important, je flatte de milliers de narines chaque jour que Dieu fait. Sens cette odeur. Ce parfum, cette entêtante douceur de caramel... Je vois tes yeux qui pétillent, allez, prends-en, t'es bien mignonne, Gringa. T'as du mal à comprendre quand je parle, je sais. Au début c'est toujours comme ça. J'ai plus beaucoup de dents, le sucre... Mais sur la Place tout le monde pige ce que j'ai à dire. Y a deux jeunes qui travaillent pour moi, je te garantis qu'aucun n'ose se foutre de ma gueule. Comme mon nom l'indique, j'explose... Si je connais Maria Aparecida ? Quelle question stupide ?!! C'est la reine du Pelourinho, elle et sa manie de se laver les mains... elle va tous nous rendre chèvre avec cette histoire. Pas grave, on la protège, notre Maria.

Moi c'est Zé et lui, Manuel. On a le même âge, quinze ans. On est homo et séropo. Des folles, des tantes, on se marre bien tous les deux sur la Place à attraper les touristes. Comme toi par exemple, t'as une bonne tête, une tête de pigeon, alors je disais... ah ouais, on les aborde avec nos uniformes en lambeaux et on leur explique avec des papiers sur la bouche... comme ça, tu vois ? pour empêcher de transmettre la maladie, tu comprends... on leur raconte qu'on est malade, que ce serait sympa qu'ils nous achètent un truc à manger, du lait ou alors un savon, car Manuel, il a des problèmes de peau terribles. Des fois ça marche, des fois pas. Surtout quand l'Aparecida est dans le coin. Elle dit que pour les affaires il n'y a pas pire que nous, qu'on effraie les touristes. C'est pas vrai, on ne demande jamais d'argent, on n'est pas des mendiants. C'est juste que la chance n'a pas tellement voulu de nous et puis... on a fait des choses qu'on aimerait oublier... il fallait bien gagner sa croûte... Maintenant on n'a plus la force. Oh, la la la, je t'ai choquée ? Calme-toi, amiga, ta pitié, tu peux te la garder. On est des petits durs. Tu t'appelles comment ? T'es brésilienne ? T'as pas l'air et puis t'as un drôle d'accent. Dis, Gringa, tu ne veux pas nous l'acheter ce lait ?

Pas un gringo ne résiste à mes yeux coquins et mon visage d'ange. À l'orphelinat, ils se sont pas trompés : Gabriela comme l'archange, disait la sœur... Tu parles... de saint, j'ai que le prénom parce que pour le reste... En vrai, ce qui leur plaît le plus aux touristes, c'est mes fesses bien rebondies, ma peau ferme et chocolat. D'ailleurs, au boulot... mais avant, faudrait que je prenne une bonne douche. Bah, demain, c'est pas pressé. Y a bien la fontaine, pas trop envie de me laver devant la Place ! Pour me voir à poil, faut payer... Bah tant pis, va falloir éviter Aparecida, si elle me voit dans cet état... elle déteste quand mes cheveux se révoltent... La vieille folle, elle en loupe pas une. Quand je mets ce short trop court et ce tee-shirt qui cache rien, je suis bonne pour une paire de claques. La folle dit que mes seins sont insolents. Elle est drôle, la vieille, mes seins et mes fesses, c'est tout ce que j'ai pour bouffer moi ! Bah... Malgré tout je l'aime bien, Aparecida. C'est la seule qui s'intéresse un peu à moi, Gabriela l'orpheline.

Mon mouchoir qui sent bon est là ? Mes bon-bons au gingembre ? J'y vois pas très clair et puis j'aimerais bien dormir encore un peu... Maman va me gronder si je suis en retard, elle murmurera : « Sérgio querido, s'il te plaît », elle aura ce sourire triste qui ne la quitte plus depuis que papa est parti. Au début j'ai cru qu'il reviendrait, je l'ai attendu tous les soirs puis j'ai compris qu'on resterait seuls, maman, moi et les petits. Ils espèrent tous son retour. Surtout maman. Je n'ai pas le cœur de lui dire la vérité. Maman travaille beaucoup, elle lave, repasse, brode, mais ça ne suffit pas. Ses jolies mains bis-cuit sont devenues deux pains durs à force. Alors, pour qu'elle reste jolie ma maman, j'ai quitté l'école et je l'aide comme je peux. Humm... Sens cette odeur d'eau de Cologne ! Allez, Grin-ga, tu ne veux pas un mouchoir parfumé ? C'est maman qui l'a brodé, regarde comme il est joli. C'est beau hein ? Et mes bonbons ? Prends-en au moins deux paquets. Un real le paquet, pour rien. C'est bon pour la toux, la gorge et l'ha-leine. Toi, t'en as pas besoin, t'as une odeur de bébé, comme Taïssa ma sœur, la dernière. Quel âge j'ai ? Ça ne se voit pas ? Sept ans, je suis un peu petit pour mon âge mais... je jure que je ne mens pas ! Mon nom ? Sérgio. Alors et mes bonbons ? T'es d'accord, on a dit quatre reais pour les deux paquets. Pourquoi tu ris ? J'ai dit deux reais ? J'ai dû me tromper. S'il te plaît, donne-moi quatre reais, comme ça je me paierai un cours de batucada, je rêve de devenir musicien. Si tu m'en donnes quatre, je peux m'offrir toute une semaine de cours. Tu veux bien ? Merci. Dis, Gringa, pourquoi il y a des larmes dans tes yeux ?

Moi, mon rêve, c'est de devenir actrice. Une grande, comme Olímpia Wagner par exemple. J'imagine mon nom défiler bien grand sur les écrans, de grosses lettres, « Ivone Santos », rien qu'à y penser je frissonne. Alors j'observe, je note comment s'habillent les touristes, surtout les Françaises et... les Italiennes. Elles sont toujours si élégantes, si minces... À part ça, j'écoute la radio. J'aurais bien acheté une petite télé pour suivre les novelas[1] mais les jésuites ne veulent pas en entendre parler, alors je m'ennuie en haut de l'escalier de ce qui fut un des plus puissants couvents du Brésil. Entourée de jacarandas et d'azulejos, je déchire des tickets à longueur de journée, les gens ne me voient

1. Feuilleton télévisé.

même pas. Ici, le temps s'est arrêté et moi avec. Je sens que les mites vont me ronger comme elles le font avec ces mitres sans âge qui n'intéressent personne. Aparecida vient parfois remplir ses bouteilles au robinet et on discute. Elle dit qu'ici Dieu me protège et qu'ailleurs elle ne donne pas cher de ma peau. Elle prétend que je suis trop belle et que c'est malchance. Elle sait de quoi elle parle, la Maria. Qui croirait que cette vieille desséchée fut l'orgueil national, la reine du Carnaval, la déesse de la samba ?

Ne dis rien, je sais qui tu es et pourquoi tu frappes à ma porte, Gringa maudite. Soixante-seize ans que les dieux m'honorent, qu'ils ont fait de moi leur messagère. Le Brésil entier vénère mes pouvoirs, les plus grands me craignent et me consultent. Ton visage est lisse mais moi, Mama Lourdes, je lis en toi, au plus profond de ton âme. Fille de Iemanjá, vingt et une orixas te protègent. Tu viens de loin pour fuir un passé trouble mais tu ne trouveras rien ici. Pars. Salvador regorge d'esprits malveillants. Ne me crois pas si tu veux, mais méfie-toi, Aparecida t'épie, prends garde ou elle t'anéantira.

Sur la Place, je suis connu de tous comme Tonio le borgne. Vous me trouverez toujours au même endroit, près du café de César. En vérité, je ne suis pas seulement borgne, j'ai une jambe de bois et ma main droite n'obéit plus. Je suis né sous une étoile rieuse et me suis vite résigné à ma condition. Je ne prends que le bon côté des choses, le reste importe peu. Ce n'est pas facile de gagner sa vie quand on est difforme, mais Dieu m'a doté d'une voix profonde et je peux arracher les larmes de tes jolis yeux si l'envie m'en prend. Je séduis et survis grâce à mes chansons. Mon répertoire est varié mais seules les chansons tristes me touchent, elles me rendent gai, me rassurent. Ceux qui les ont écrites ont souffert aussi. Tiens, voilà Maria Aparecida, elle va vouloir que je chante. C'est ennuyeux car elle m'interdit de prendre ma guitare et sans elle... pourquoi ? Tu l'apprendras bien assez vite. Écoute-moi, Gringa, je saurai toucher ton cœur. Demain, tu reviendras écouter Tonio le borgne.

Tu es la première à me jeter une obole, la dernière de la journée sans doute. Que Dieu te bénisse, Gringa. Bientôt trente ans que Teresa la dévote est clouée sur ces marches de pierre, la

Bible pour seule compagne. La Place m'ignore, me méprise. Les autres prétendent que je suis dévote et que ma foi est douleur. Comme le Christ, je suis crucifiée sur les dalles glacées et meurtrières de la basilique. Matin, midi et soir. Le soleil, le vent et la pluie ne me rebutent pas, je ne crains que la colère de Dieu. Ils chantent tous la beauté de la Place, la vigueur de ses arbres, le charme de ses petites maisons, mais moi, Teresa, je ne vois que la misère. Regarde ces visages, efface les fards, sonde les âmes. Derrière ces masques de gaieté se cache une tristesse. Seule la Bible les délivrera mais ils ne veulent pas m'écouter chanter la Parole du Seigneur. Le jour du jugement dernier, tous devront rendre compte, pas un n'échappera au châtiment. Aucune rédemption, moi seule serai sauvée. Aparecida paiera, les foudres du Divin l'attendent, les murs de la basilique ne sont pas assez grands pour contenir ses fautes. Aujourd'hui, elle dort dans l'église de padre Denilson, mais une vie en enfer ne suffirait pas pour expier ! Prie pour son âme, mon enfant. Ne l'approche pas, elle te souillera de ses yeux de folle. Assieds-toi et lis ce psaume, Gringa, il te protégera.

Quelles odeurs alléchantes ! Quelle agitation ! Pour sûr que je vais m'amuser. Ce soir c'est fête, un jour béni. Les gens vont boire et danser, puis ils auront cette odeur forte et sucrée qui les fait tituber et lâcher ce qu'ils ont dans les pattes. Direct dans ma gueule. Je bave d'avance. Faudra se méfier parce que les autres cabots ne vont pas tarder à rappliquer. Il y aura de la femelle. Je suis excité comme c'est pas permis. J'espère que je ne vais pas me ramasser trop de coups... S'ils se mettent à se tortiller avec la musique, c'est mauvais pour moi, le chien errant... Tiens voilà la vieille qui n'a pas d'odeur, elle passe son temps à se verser de l'eau sur les mains, quelle idée... Faut vraiment être folle !

Des années que je traîne dans ce foutu café à siroter des vodkas de mauvaise qualité. Seul l'alcool me permet de supporter cette Place, l'ivresse la rend plus vivante et moins misérable. Je suis venu à Bahia sur les traces de mon maître et seul dieu, l'empereur de Salvador, Jorge Amado. Je pensais que sa ville me donnerait un peu de ce talent dont je suis vide, mais les putes et les vagabonds ne m'ont inspiré que pitié et dégoût. Regarde-moi celle-là, l'orpheline, avec ces cheveux hirsutes, rien qu'à la

voir l'inspiration fuit... mais quel cul... Pssst,
Gabriela, viens ici ! Qu'elle se magne, la petite
pute, je vais lui faire son affaire... et ses seins qui
bougent au rythme de ses hanches... Assieds-
toi. Tu veux quoi ? Une brochette ?!! Et puis
quoi encore ? Fous le camp et va te laver, tu
pues ! Les gosses des rues m'exaspèrent. Je ne
sais pas pourquoi je suis encore là à m'empoi-
sonner avec cette vodka infâme. Mon talent restera ignoré à jamais. Les orixás n'ont pas voulu
que je réussisse, j'aurais fait de l'ombre au
génial Amado. « Cette ville t'a détruit, Otávio »,
me dit parfois la folle au fichu rouge, la seule
qui comprenne que mon échec est fatalité.

Viens, amiga, prends une photo avec moi. Tu
ne trouves pas que je suis belle avec mes den-
telles et mes jupons ? T'auras un beau souvenir plein de soleil et de sourires. Je te demande
juste une petite participation pour l'entretien des costumes. T'es d'accord ? Bien. Pipoca,
prends-nous la photo avec Gringa. On va la
noyer de bonne humeur. On est les sœurs Rubi
et Safir, les piliers de la Place, celles qu'on vient
voir quand on a du chagrin. On te dorlote dans
nos bras caramel, on te chatouille avec nos fan-
freluches et tu repars le cœur à neuf. Ça, on le

fait avec amour, on prend pas un sou, demande
à Maria Aparecida, elle aime bien venir se faire
cajoler.

Mon église n'est jamais vide. La raison est
simple, la lourde porte de bois sculpté ne se
referme jamais, la maison du Seigneur est un
refuge pour tous et à tout moment. L'évêque
s'est fâché, on m'a traité de fou, d'original, mais
j'ai résisté. On a volé quelques calices, ça m'est
égal, ils devaient en avoir besoin. Je suis entré
en guerre avec le diocèse, ils m'accusaient de
défendre ces malheureux, d'encourager leurs
larcins. Qu'ils pensent ce qu'ils veulent, moi je
sais que Dieu n'a besoin ni d'or ni d'argent.
Mes fidèles sont devenus mes amis, ma famille.
Moi qui redoutais Salvador, sa macumba, son
candomblé... lorsque je célèbre la messe dans
mes murs couleur de ciel, c'est une grande fête.
La Place chante avec son cœur, nos voix résonnent et attirent les touristes. À l'aube, quand je
fleuris mon autel, il m'arrive de trouver Aparecida endormie sur un banc, le visage en paix.
Seule mon église l'apaise. Je m'appelle Padre
Denilson et je veille sur vous.

Mon corps est un refuge, j'y accueille les âmes perdues. Qui va voir une vieille pute sinon elles ? Nobles, roturiers, voyous et pervers, je les connais tous. Je ne suis plus très regardante, du moment que j'ai mes billets... J'ai pas toujours été comme ça mais je n'ai plus l'âge d'être difficile. Qui veut encore de Sônia, grande pute au ventre flasque et aux seins trop lourds ? Sur cette Place, je ne risque rien, la joyeuse bande me protège. Quand les affaires sont bonnes, j'entre dans le confessionnal du padre pour qu'il m'absolve. Les années m'ont rendue superstitieuse... Quarante ans de service et toujours en vie... pas par hasard... C'est parce que le Bon Dieu l'a bien voulu. J'en ai vu partir des filles à l'assistance, syphilis, couteaux, alcool... les pauvres, elles n'étaient plus bonnes à rien, juste à se laisser mourir. Le padre, le petit nouveau, on l'aime bien, y prend pas de grands airs. C'est un gars comme nous. Avec lui, on ne se sent pas coupable, pour un peu y me ferait passer pour une sainte... Souvent, je profite de l'intimité de l'isoloir pour me changer. Ce serait indécent de garder ma tenue de travail en dehors des horaires... Une fois habillée, je fais le tour de la Place, échange nouvelles et salutations puis rejoins Rubi et Safir. Là, à l'ombre du grand jacaranda, on bavarde, les touristes, Aparecida et moi. Parfois, Sérgio nous retrouve. Pauvre petit, le père les a largués, lui, sa mère et les six gosses. Maintenant, c'est un peu lui l'homme de la famille. À sept ans, tu parles d'une enfance... Enfin, ici, on se console, on rigole, on se plaint rarement. À quoi ça sert ?

Je parle français comme toi, Gringa, Augusto pour vous servir. Je descends d'une de ces puissantes familles où il était de bon ton de s'exprimer dans la langue de Molière. Fils unique du roi du café, mon père m'idolâtrait. Très vite, j'ai connu l'ennui et je n'ai rien trouvé de mieux que d'adhérer au parti communiste. La dictature militaire m'a appris torture, lâcheté et amitié. J'ai pleuré comme un gamin, supplié et réclamé ma mère. Dans mes nuits sans sommeil, j'entends encore les cris de ceux qui ont su résister. Regarde mes cheveux, la peur les a blanchis avant l'âge, alors, pour oublier la douleur et dompter mes mains tremblantes, je suis devenu médecin puis je me suis réfugié à Bahia en quête de lumière. Je ne supporte plus l'obscurité. Les enfants de la Place ont bien voulu de moi, leur courage me redonne espoir. Je ne sais pas pourquoi nous sommes un peuple si gai.

Par pudeur sans doute. Le malheur n'intéresse personne.

Avec un sac et mes couteaux, je voyage. La musique m'enivre, le rythme des tambours m'obsède comme le corps de certaines mulâtresses. Bahia de tous les saints est la seule maîtresse à qui je sois fidèle. Je lui rends hommage plusieurs fois par an, rien n'existe alors que ses douces odeurs musquées, ses couleurs éclatantes, ses rivages sauvages. Salvador, me voilà. Turco ne t'a pas quittée longtemps.

Gringa, l'étrangère. Même ici, je suis devenue une étrangère. Pourtant, comme eux, j'étais brésilienne, une femme ordinaire aux plaisirs simples. J'appartenais à une histoire aux pages lisses, sans surprises. Un matin d'avril, j'ai perdu mes larmes. Alors je suis tombée en errance. Dans un univers sans horizon, toujours mouvant, creux. Mes années de vagabondage ont effacé cet accent carioca dont j'étais si fière et auquel je m'identifiais. L'appareil en bandoulière, j'ai sillonné la terre, je l'ai fouillée, creusée, malmenée. Je voulais m'accrocher à ses racines pour qu'elles me retiennent mais mes pieds fous glissaient encore et encore. Mes photos grises et sans espoir ont fini par toutes se ressembler. Un soir de pluie, j'ai vu les chapitres défiler à toute allure puis, tel un cheval fou, le mot « FIN » s'est rué dans un galop furieux, il était temps de mettre un terme à mon histoire. Alors, je suis revenue. J'ai retrouvé Bahia, terre de mes ancêtres.

Le temps passe mais les êtres ne changent pas. Voilà plus de cinquante ans que j'ai débarqué sur les plages de Bahia, Nina, gringalette Nordestine en quête d'avenir. Un notaire m'a engagée pour son ménage et un peu de cuisine. C'était un bon patron, juste et solitaire. À sa mort, il m'a laissé une coquette somme et une chambre dans cette jolie maison rose, pas loin de chez Gringa. Les mauvaises langues disent que cet héritage a dû me coûter cher, je me fiche de leurs commérages, c'est pure jalousie. Mes journées, je les passe à la fenêtre à observer la Place et ses enfants. Maria Aparecida est une vieille connaissance, on a le même âge. Les gens ne le croient pas, mais c'est vrai. Demandez-lui. Quoique... elle ne vous dira jamais la vérité, elle ne supporte pas mon visage sans rides. Maria la folle, fleur de Bahia, est restée des années la reine incontestée du Carnaval, intriguant pour faire échouer ses concurrentes. Menaces et chantages ne l'ont jamais effrayée, quant aux scrupules... Vivre la nuit, boire et danser ont un prix... la méchanceté aussi, on finit toujours par payer. Maintenant qu'elle est fanée, la fleur empoisonnée, elle se fait passer pour folle, c'est bien commode... Moi, ma mémoire est une bibliothèque parfaitement rangée. L'amertume a jauni les pages des plus mauvais livres, elle les a rongés jusqu'à la trame. Les autres, ceux à la belle reliure de cuir, ils ont résisté au temps, et parfois il m'arrive d'en caresser le papier. Le seul homme que j'aie aimé, Aparecida me l'a pris... Dieu merci, il y a une justice... Son grand malheur est d'avoir engendré un criminel. Son fils est l'être le plus redouté de Salvador, un tueur assoiffé de sang. Pourquoi croyez-vous qu'elle se lave si souvent les mains ?

Les yeux des inconnus m'évitent, fuient, se détournent de cette vieille noire maigre à l'éclatant fichu rouge. Mon seul crime est de me laver les mains. Je suis connue pour ça, je n'y peux rien, c'est plus fort que moi. Je vais bien, j'aime juste me laver les mains. Mon empire a décliné avec les années, autrefois le peuple de Salvador vénérait ma beauté, ils adulaient la reine du Carnaval. Tous voulaient toucher mes habits de lumière, voler un peu de cette aura qui était mienne. Je m'appelle Maria Aparecida et je règne toujours sur le Pelourinho. On me prend pour une folle mais je le suis moins que vous.

Bois, Gringa. Prends ce verre, avale d'un trait. Personne ici ne comprend mieux que moi ce qui t'arrive. C'est le châtiment suprême, la plus cruelle des punitions. Tu sais que je suis un écrivain raté et que ma plume n'a jamais rien produit de digne, c'est la faute à Amado. Bois, ne fais pas de manières. Ce nectar t'apportera l'oubli, gommera tes obsessions, diluera tes peines. Brave fille, tu as bu d'un trait. César, viens par là, sers-nous-en un autre et sans commentaire s'il te plaît. Alors ? C'est bon hein ? Tu verras, l'alcool te fera renaître. Pauvre fille. Tu mérites mieux que cette Place pourrie et ces abrutis qui la squattent. Il te faut un homme comme moi, qui te comprenne, te caresse. Comme ça, tu vois ? Là, c'est ça, bois encore. On est de la même race toi et moi, celle des seigneurs, des vainqueurs... Tu ris ? T'es soûle ? Approche-toi, laisse-moi t'embrasser. Sur la joue, oui, si tu préfères. Finalement, tu n'attendais que ça, mes baisers.

Viens, Gringa, allons chez moi. T'as besoin qu'on te cajole, petite fille. Laisse-moi t'embrasser, là, sur ta bouche. Tu ne veux pas ? Pourquoi tu détournes la tête ? Je ne suis pas assez bien peut-être ? Salope, tu ne vaux pas mieux que Gabriela l'orpheline. Pauvre pute. Tu me provoques de tes yeux larmoyants puis tu fais ta pudique ? C'est ça, insulte-moi. Tu t'es regardée ? Toi ? Une artiste ? C'est ça, ha, ha, ha... Va rejoindre tes va-nu-pieds, tes mendiants minables, tes putes pathétiques... Vas-y, cours te faire consoler par tes miséreux vagabunda, tu leur ressembles...

Dieu du ciel, Vierge Marie ! Augusto l'agnostique remercie le Créateur, si toutefois il existe. Bien fait. Gringa vient de donner deux gifles monumentales à notre écrivain alcoolique. Enfin ! Quelle fille ! Qui aurait dit que le feu allait jaillir de cette poupée éteinte ? Ces claques sonores ont résonné sur la Place aussi fort que les tambours d'Olodum. Un silence de mort règne au café de César, Otávio est pétrifié par l'affront. Comme unique réplique, il n'a rien trouvé d'autre que d'insulter Gringa. Pas un des enfants de la Place ne se lève pour le consoler. Il déverse son venin depuis si long-temps... Jamais nous n'avons répondu à ses provocations, excusant ses paroles, plaignant son imagination stérile. Augusto, fils indigne du roi du café, communiste déçu, a trouvé une nouvelle héroïne.

Puta ! Gringa a du caractère. Je suis bien content, je ne l'aime pas, ce type sale qui sent toujours l'alcool. Il est méchant, surtout avec nous les gosses. Dès qu'on s'approche du café de César pour vendre bonbons et mouchoirs, il distribue des taloches, on dirait même qu'il y prend du plaisir. Maman veut plus que je travaille par là-bas. César, parfois, il nous protège, mais le client est roi, et comme Otávio finit toujours par payer... Il a dû avoir mal, parce que Gringa a tapé très fort. Ma Gringa, dès que je la vois, je la suis. Elle me sourit toujours et m'emmène dans ses promenades. Parfois on s'assoit sur les marches de Padre Denilson et on bavarde, comme les adultes. L'autre jour, elle m'a invité à manger des pasteis. Comme j'étais content... je me suis senti tout important. Les autres gamins, ils étaient verts de jalousie, même les grands. Maman, elle a souri, tristement. Faut que je félicite ma Gringa, peut-être qu'elle me donnera encore sa main si douce. Comme celle de maman, avant...

Ni moi ni Manuel ne savons comment nous en sommes arrivés là. Si seulement nous avions eu ton courage, Gringa. Une gifle pareille... J'aurais aimé en donner des claques comme ça, je n'ai jamais su et Manuel encore moins. Dès le berceau, il a fallu s'écraser, accepter, obéir. Au règne de la débrouille, on ne discute pas. Mieux encore, on baisse la tête, on se fait invisible. Nous, Gringa, on n'a pas eu la chance d'aller à l'école, il n'y avait plus de place alors on a pris un autre chemin. L'argent facile nous a rendus esclaves de corps inconnus à qui on se donnait sans réfléchir. Une âme charitable a tenté de nous sortir de cet enfer mais il était déjà trop tard. Manuel est tombé malade et là, pour la première fois, j'ai flippé et j'ai lâché le deal. On a quitté la rue, les hommes et la colle, et on s'est abrités chez les sœurs au dispensaire. Nos journées sont faites de rires et de charité. Il nous reste peu de temps, alors comme toi, Gringa, on préfère taire notre souffrance et profiter des derniers jours.

On n'a jamais autant travaillé, ils se réfugient tous dans nos bras. Rubi est surmenée et finit par se cacher dans mes jupons... Et moi,

qui va me décharger de toute cette tristesse ?
Non, ne vous inquiétez pas, je regorge d'amour
et mes réserves ne sont pas encore épuisées.
Vous comprenez, le Bon Dieu n'a pas voulu me
donner d'enfants, alors ceux qui viennent me
voir sont un peu le fils ou la fille que je n'ai
jamais eu. Gringa là-bas me fait tendresse. On a
décidé qu'on allait s'adopter. Chaque fois que
j'y pense, j'ai envie de danser. Safir, la mama
cannelle d'une Gringa porcelaine. Ça vous fait
rire ? Moi aussi...

Pipoca est malade comme un chien, une
indigestion. Maman lui a préparé du bouillon,
je ne pense pas qu'il aimera ça... il a déjà avalé
deux paquets de bonbons et je n'ai pas eu le
cœur de l'en empêcher... Ivone l'a installé dans
une cellule au couvent, elle prétend que son
Pipoca sera mieux là-bas que sur un matelas
pourri. Il paraît que sa femme l'a mis dehors et
que la nuit il traîne comme un vagabond.
Pauvre Pipoca, Dr Augusto a prévenu que trop
de maïs c'est pas bon, qu'il finirait par exploser
comme ses pop-corn. Après Maria Aparecida,
c'est un peu lui le chef sur la Place, hein Gringa ?
Pour moi, la vraie reine, c'est toi. Parole de
Sérgio, Gringa, après maman, c'est toi la plus

belle. Et puis en plus tu sens toujours bon. Dis, tu nous quitteras pas, toi ? Tu vas rester ? C'est promis ?

Gabriela l'orpheline prétend que la Place oublie sa reine. Cette Gringa les a ensorcelés. Tous autant qu'ils sont. Turco trop sage, Tonio le borgne hilare, Rubi et Safir débordées, Pipoca au couvent, Augusto bavard, pas normal... Quelle bande d'ingrats ! M'oublier pour cette femme frêle et sans éclat, une vulgaire étrangère... Non, je ne le permettrai pas. Mama Lourdes m'aidera à anéantir celle qui a osé prendre ma place. Depuis son arrivée, la Place ne tourne pas rond. Qu'elle soit maudite !

Alors, Aparecida, on murmure que tu es finie, liquidée. L'Aparecida aux oubliettes... Ha, ha, je te tire ma révérence, impératrice de mon cœur. Qu'as-tu donc fait pour que tes sujets t'abandonnent si vite ? Une beauté pâle t'aurait détrônée ? Jamais je n'aurais cru une telle chose possible. Non, pas toi, Maria Aparecida, reine du Pelourinho, la seule que je n'ai jamais su plier. Comment ont-ils osé ? Ne me redoutent-ils plus ? À Salvador, tous craignent et vénèrent mes yeux noirs. Je suis connu comme l'Accordeur, celui qui, de son violon, fait naître d'inou-bliables mélodies. Mon violon, c'est la seule chose que tu m'aies jamais donnée. Un matin, tu me l'as tendu en disant qu'avec ça je devais pouvoir survivre. À huit ans, on survit à tout mais pas à sa mère qui vous abandonne. Mon instrument, hymne à l'amour, peut se révéler arme redoutable. D'un coup sec, j'arrache une corde et tranche la gorge de l'insolent. Qui-conque plonge dans les profondeurs de mes yeux glisse irrémédiablement dans l'abîme de l'enfer. La corde meurtrière rejoint alors mes autres trophées, ceux que je ne compte plus. Ce soir, mes cordes grinceront.

Gringa, c'est encore moi, Sérgio. Maman m'a demandé de te prévenir, tu dois faire attention. La Place s'agite, Maria Aparecida est introu-vable. Tonio le borgne a perdu sa voix, Zé et Manuel ont les yeux plein de fièvre, Pipoca jeûne et même Padre Denilson s'est cloîtré dans son confessionnal. Il y en a qui chuchotent que c'est ta faute, à toi l'étrangère. Pardonne-moi, Gringa, mais maman voulait que tu saches. Gringa, moi je suis petit mais je les crois pas. Ne t'inquiète pas, je te protégerai. Tiens, prends ma main.

Où est donc passée Aparecida ? Je la cherche depuis des heures, son baluchon et ses bouteilles gisent sous la statue de sa sainte, et ça, c'est mauvais signe. Ivone confirme qu'elle ne s'est pas rendue à la fontaine aujourd'hui. Je ne comprends pas. Cette disparition m'intrigue. Seigneur, je ne suis pas content, pas content du tout. À tel point que je me demande si je vais célébrer la messe. Oui, Seigneur, tout à fait. Avec tout le respect que je vous dois bien sûr...

Les esprits me hantent, la colère de Xangô[1] tonne, je vois ses pierres de foudre. Peuple de la Place, les divinités réclament des offrandes, le mal rôde, la mort approche. Je la vois, dépêchez-vous, je ne pourrai pas l'éloigner longtemps. Retrouvez Maria Aparecida. Seule la vieille folle vous sauvera. Peuple ingrat, n'oubliez pas votre reine, ne vous fiez pas à cette Gringa et à son visage trop lisse. Enfants de la Place, les orixás ont parlé, cette femme sème la discorde. Débarrassez-vous d'elle avant la pro-

1. Dieu du tonnerre, ancêtre des rois yorubas dans les cultes afro-brésiliens.

chaine lune. Avant que la mort ne vous sur-
prenne.

C'est moi, Sônia la putain. Cette histoire de
disparition, c'est du pipeau, je la connais la
reine Aparecida. Elle inquiète ses sujets pour
qu'on vienne ensuite la réclamer à genoux, la
supplier. Un de ces vieux trucs de vedette. Gabriela l'orpheline doit être dans la confidence,
regardez-la comme elle ricane... elle y tient
plus, je vais la cuisiner moi, après tout elle doit
respect aux grandes sœurs, l'insolente...

Dieu, qu'il est beau ! Des années qu'il me
rend dingue celui-là. C'est bien le seul, les autres c'était juste pour passer le temps. Tiens, il
me sourit. Indifférence, Ivone, indifférence, ma
fille. Merde, à le regarder sans cesse, j'en oublie
l'essentiel. Je dois trouver Aparecida. Elle est
peut-être dans le réfectoire ou encore dans le jardin à remplir sa bouteille. Qu'il arrête de me
mater comme ça, je vais finir par rougir comme
une débutante. Oh, la la la, il s'approche. Aparecida, Aparecida, où es-tu ? Hou, hou, Aparecida ? C'est moi, Ivone. Pourquoi je n'ai pas
mis ma robe rose aujourd'hui... Si j'avais su...
Aïe, ces épaules... et puis ces yeux... comment

résister à ces yeux-là ? Laisse-moi, Turco, c'est pas le moment, Aparecida a disparu, aide-moi plutôt à la retrouver. Turco, ça suffit, pas ici. Aparecida... Aparecida... Turco. Non ! Aparecida ! Reviens, sauve-moi, sauve-moi de cet homme et de ses baisers...

J'égrène mon chapelet de bois rouge et prie pour les pécheurs de la Place, pour le salut de leurs âmes. J'aimerais acclamer la Parole du Seigneur haut et fort, mais ma voix n'est plus qu'un filet rauque. De toute façon, personne ne m'écoute, la Place se moque de « sainte Teresa », celle qui a voué sa vie à Dieu. Qu'ils ricanent, les ignorants... Moi seule serai sauvée... Ivone veut quitter la Place pour le Sud, elle aimerait que je la remplace au couvent et que je prêche dans ce monastère en perdition. La richesse de ces jésuites me dégoûte, je préfère encore la rudesse des marches de la basilique. J'offre ma souffrance au Seigneur en attendant de le retrouver au royaume des cieux. La fin approche, Aparecida se terre, Padre Denilson ne maîtrise plus ses ouailles. Écoutez les cloches des églises, leur glas sonne le trépas...

C'est gentil de passer me voir, Sônia. J'en ai
de la visite, ça n'arrête pas... Je suis pas encore
mort, vous savez... Pipoca, c'est un dur, incre-
vable le gros. Ivone s'occupe de moi comme une
fille. Vraiment, rien qu'à y penser, ça me rend
tout bizarre, autant de gentillesse, j'ai pas l'habitude. Le seul truc qui cloche, c'est cette odeur
de naphtaline et ces saints qui me regardent de
leurs yeux éplorés. La nuit quand je vais pisser,
j'ai des frayeurs, des fois que j'en rencontre un
dans ces immenses couloirs sans vie. Y a pas à
dire, il est beau le couvent avec son parquet, ses
meubles en jacaranda et ses plafonds richement
parés. Mais pour rien au monde, j'aimerais y
vivre, ah ça non... c'est trop grand, trop raffiné.
Ça me fait peur, moi, toutes ces dorures et ces
saints qui souffrent en silence... Vivement que
je retrouve ma Place et mes pop-corn ! Et toi, la
vieille ? Ça roule les affaires ? On raconte que
Gringa a giflé Otávio, bravo ! Mais attention,
elle s'est fait un ennemi redoutable. T'inquiète
pas, va, on la protégera, nous, les amis de la
Place. Si seulement notre folle voulait bien
revenir...

Gringa, j'aimerais te dire un mot. T'es pressée ? Une minute, s'il te plaît. Suis-moi, allons

dans le jardin, c'est le seul coin joyeux du couvent, j'y fais ma pause et parfois je partage mon casse-croûte avec les oiseaux. Oui, c'est moi, Ivone. C'est beau ici, hein ? J'aime ces vieux arbres aux racines noueuses, aux feuilles vertes, lumineuses de sève. Mais on n'est pas là pour admirer la nature. Écoute, toi, tu es instruite et tu viens de loin... j'ai besoin de tes conseils. Je voudrais partir, quitter ce couvent... je ne supporte plus cette vie... Ce que j'aimerais ? Être actrice. Là-bas, à São Paulo. Tu crois que j'ai mes chances ? À Rio ? São Paulo. Oui, je n'ai pas peur. La Place ? Eh bien, il faudra que je la quitte un jour... Turco ? Je m'en lasserai bientôt... La seule chose qui me retient, c'est mon Pipoca. Je voulais te demander... tu voudras bien veiller sur lui ? Juste le voir de temps en temps ? Oui ? Promis ? Merci, Gringa, je savais que tu m'aiderais. T'es une chouette fille, Gringa. Je t'aime bien... malgré tous tes silences.

Ivone m'obsède, son corps, ses yeux si verts. Inutile d'y penser, bientôt elle s'en ira pour São Paulo. Actrice. Quelle idée ! Pourquoi pas après tout ? Avec ce visage, elle va les rendre tous fous. Peut-être qu'elle me rendra célèbre ? On verra. Et toi, Gringa ? Me laisseras-tu goûter ta peau diaphane ? Mystérieuse étrangère, tu ne me résisteras pas. Parole de Turco.

Étrange, j'entends de la musique, un violon semble-t-il. Qui donc joue sous ma fenêtre par cette nuit sans lune ? Il fait trop noir pour que je te cherche, triste mélodie. Une autre fois peut-être. D'ordinaire, les ruelles du Pelourinho apaisent mes insomnies. Quand la Place s'endort, je sors de ma chambre et me promène le long des églises. Je lève la tête, les étoiles me sourient. Le ciel ici est si clair. Il m'arrive de croiser Gabriela l'orpheline qui tapine ou Pipoca qui erre, âme perdue et chagrine. On se salue en silence, on poursuit son chemin. La nuit, chacun garde ses secrets. Je reviens épuisée de ces longues marches solitaires et m'endors d'un sommeil sans rêve. Obsédée par les images du passé, ce soir, je n'y parviendrai pas. Vains souvenirs que ma mémoire refuse d'effacer.

Sur la Place, le violon c'est que du malheur, mais qui oserait en parler ? Le seul qui brave l'interdit, c'est Otávio. L'alcool lui donne du courage, un jour on le fera taire... Gringa s'emmure dans le silence, parfois elle murmure un refrain dans ses errances nocturnes. Une berceuse lancinante d'un autre monde. Depuis qu'Aparecida a disparu, ma voix déraille. Je n'ose plus toucher ma guitare, ses notes fausses et funestes me blessent.

Zé tousse sans fin. L'un contre l'autre, on écoute nos cœurs, ils sont bien fatigués. Demain, il nous faudra mendier un sirop, pour l'heure, rien à faire, de l'eau sucrée tout au plus. Zé, tu entends ? Seigneur ! Je reconnais ces notes... Arrête de tousser ! Zé... toi aussi t'as pigé ? C'est l'Accordeur, le seul à jouer comme ça. Laisse-moi, je veux voir. Je ne risque rien, t'en fais pas, de toute façon je suis déjà mort, alors... Zé, il est sous le porche, assis avec son violon. Gringa allume sa lumière. Mon Dieu, non ! On ne peut pas laisser une chose pareille arriver... Zé, calme-toi, je dois prévenir Gabriela, elle tapine pas loin, elle sait où est la folle. Je te promets qu'il ne m'arrivera rien. Zé, ça suffit. Si ça se trouve c'est déjà trop tard, tu l'auras sur la conscience... Bon, je file, t'inquiète pas, je reviendrai.

Pas beaucoup de clients ce soir. Que des poivrots ! Je suis crevée, je rentre. Bah... Des vacances, ça ne peut pas faire de mal... Qui c'est celui-là ? Mais... on dirait Turco, qu'est-ce qu'il fout là ? Pas vraiment dans ses habitudes de traîner comme ça. En tout cas, c'est pas moi qu'il vient voir... Lui, c'est les nanas qui paie-raient pour coucher... Ivone m'a avoué que c'est le coup du siècle, la pauvre, elle est gravement atteinte, je ne l'ai jamais vue comme ça... Allez, je le suis, pour ma petite Ivone. Mais où est-ce qu'il va ? Tiens, un violon. Mais... le violon... ça ne peut être que lui ! Vierge Marie... Casse-toi, Gaby, va y avoir du sang...

Qu'est-ce que c'est que cette musique ? Terrible, je rêve éveillé maintenant. Je n'ai jamais été anxieux, foi de Pipoca, mais en ce moment on ne peut pas dire que ce soit la grande forme. Depuis qu'Ivone m'a sanctifié dans ce couvent, je n'ai pas bu une bière. Une bonne bière, bien glacée. Puta, qu'est-ce que je ne donnerais pas pour une bonne blonde, bien fraîche. Ça y est maintenant, plus moyen de se rendormir. Faut que je sorte de ce caveau. Sônia m'a raconté tout à l'heure qu'il y a plein de prêtres enterrés sous les dalles de la chapelle. Comment voulez-vous que je guérisse ici ?

J'ai fait le beau devant Zé, mais là je flippe. Je ne sais pas ce qui m'a pris ! C'est du suicide et pas la moindre trace de Gabriela. C'est un coup à finir à la morgue, cette histoire... Tiens voilà Turco, où va-t-il ? Ave Maria... Non, non, non, non, non. Un si beau gosse. On peut pas le laisser se faire trancher la gorge comme ça... Gringa passe encore... mais lui... non. Zé me tuerait, je sais bien qu'il en pince pour lui...

Viens à moi, beauté pâle. Donne-moi ton secret, ombre blanche, livre-toi. Je jouerai à te damner, Gringa maudite que la reine mère jalouse. Montre-toi, laisse-moi voler un peu de cette force qui est tienne. Écoute mon violon et parle.

Les notes m'envahissent, rondes et sensuelles, elles me caressent, m'effleurent de leur souffle rauque. Ma peau s'éveille, palpite, elle réclame plus. La mélodie s'enhardit, prend possession de la chambre, s'insinue au creux de mon être. La musique accélère, monte doucement en moi, se réprime puis revient pour violemment me pénétrer. Alors, emportée par ce violon enchanteur, ce matin d'avril disparaît enfin.

Le Pelourinho est désert, la nuit noire, pas un bruit. Des ombres passent, on me suit. Pas pour longtemps, Turco va t'apprendre, bandit... Mon couteau s'impatiente contre ma cuisse, avide de plonger dans ta chair. Ivone m'attend, pas de temps à perdre. Derrière moi, des pas. Au loin, un violon.

Aparecida exagère. Deux jours que je n'ai pas célébré la messe, les fidèles se plaignent, mon église s'ennuie, l'orgue s'encrasse. Même les bougies semblent tristes, leur flamme ne brille plus du même éclat. Quant à l'évêque, il exulte... Peut-être une promenade m'apaisera-t-elle ?

Je flaire le malheur. C'est moi, le chien errant. Ce quartier, je le connais mieux que vous, ça cloche depuis un moment. Tous les cabots ont pris le large, ils n'aiment pas cette odeur acide, ça pue la peur. Puis cette musique, comme un cri. Ce soir, les ruelles grouillent de monde mais personne ne voit personne. Aveugles, ils convergent tous vers le même point, ces notes trop aiguës qui annoncent la mort.

Aparecida, Aparecida. Arrête, lâche-moi, j'ai mal. Écoute Gabriela l'orpheline, c'est important, Aparecida, écoute-moi, je t'en supplie, c'est très grave. Ne me regarde pas comme ça, je ne t'ai pas trahie. Tu sais bien que t'es comme une mère pour moi. Aparecida, ton fils. Oui, ton fils, celui dont on ne doit jamais prononcer le nom... eh bien, il joue sous la fenêtre de Gringa. Tu sais ce que ça veut dire ? Cesse de te laver les mains et cours. Dépêche-toi, vieille folle, toi seule peux changer le cours des choses...

Des taudis minables... Des vieilleries à démolir... Tu parles de couleurs ! Pas moyen de faire la différence... toutes les mêmes, ces baraques... de la pourriture... Il n'y a que les touristes imbéciles pour trouver ce quartier « plein de charme »... Qu'est-ce qu'on peut entendre comme conneries... Regardez-moi ces pavés, quelle horreur... me font glisser les pavés... oups... je ne veux pas salir mon costume blanc, il me va si bien... J'aurais bien pris un dernier verre mais je ne supporte plus le regard de César ni cette Place sordide. Pour qui se prennent-ils, ces clochards ? POUR QUI HEIN ? Ma misère est bien plus grande que la leur. Tiens, ce serait pas la petite pute là-bas... ehhhh... viens ici, la garce... Me refuser, à moi, le bel Otávio, le chéri de ces dames... ehhh... négresse de mon cœur, approche que je te montre ce que sait faire Otávio... C'est ça, cours... vaut mieux pour toi... Pas possible ! Y a un connard qui joue du violon à cette heure. Qui ça peut être ?

Je te sens palpiter, Gringa, ouvre-toi, apprends à l'Accordeur. Unis-toi à mon violon. Écoute donc cette mélodie, elle te caresse... Laisse-la te guider vers moi... Quel est ce bruit ? Gringa, reste, ne t'en va pas.

Mais notre musicien minable est chez Gringa ? Tiens, tiens, tiens, notre beauté éperdue a un soupirant ? Eh toi, le violoniste, t'as pas fini tes mièvreries ? Je vois pas bien ta gueule, abruti... Approche, que je voie ta tronche. Approche si t'es un homme... Mais c'est le bâtard d'Aparecida ? Le redoutable fils à sa maman ? La terreur de nos mendiants ? Ha, ha ! Il drague la nouvelle reine ? Ta mère est finie, pauvre gosse. D'ailleurs, elle n'a jamais rien été d'autre qu'une pute... comme toutes les autres... hein le bâtard... tu sais de quoi je parle, hein ?

Pipoca... C'est toi ? Que fais-tu là ? Sois raisonnable ! Doutor Augusto a dit que tu devais garder le lit encore deux jours... Cesse de me donner du « padre » à toutes les sauces, mon nom, c'est Denilson, je suis ton ami avant tout. Alors, réponds, que fais-tu là par cette nuit sans lune ? Le couvent te déprimait, hum, je comprends. Oui, moi aussi je trouve que la Place est bizarre ce soir. Le chien errant me colle aux basques depuis tout à l'heure... Étrange, cette façon de nous regarder. On dirait qu'il a peur. Des nouvelles d'Aparecida ? Rien, amigo, pas la moindre...

Joue, joue encore, s'il te plaît. Je ne sais pas qui tu es, ombre noire, mais je t'en supplie, joue. Toi seul sais. J'entends des pas. Des cris sourds. Joue, joue encore, fais taire toutes ces voix. Pourquoi ce silence ? Que se passe-t-il ?

Mon couteau t'a effrayé ? Tu es fou, Manuel ! Pourquoi me suivais-tu à cette heure barbare ? Tu trembles. Calme-toi, je t'emmène boire un verre, ça te fera du bien. Qu'y a-t-il, petit ? Parle, nom de Dieu. Je ne comprends pas. Qui ? Manuel, calme-toi, tu ne risques rien à mes côtés. C'est moi, Turco, je te protège. L'Accor-

deur ? Gringa ? Une sérénade sous sa fenêtre ?
La mélodie de la mort ? File, Manuel, et attends-
moi sur la Place...

Rengaine ton couteau, Turco. Éloigne Manuel,
qu'il n'avance pas, le spectacle n'est pas beau à
voir, cette corolle rouge sur ce costume blanc.
Otávio est mort aussi lamentablement qu'il a
vécu. C'est mon œuvre, ma chair, ma honte.
Mon fils. Il me nargue, ici, sur la Place. Moi, la
mère indigne. Lui, le fils vengeur. La reine du
Carnaval contre l'empereur du violon. Viens,
Turco, viens voir, près de la fenêtre de Gringa,
mon œuvre.

La meute est lancée. La mère me cherche,
c'est bien la première fois. Qu'elle vienne. Ce
soir, elle me trouvera. Tes yeux durs me maudi-
ront mais je t'affronterai. Je ne suis plus le petit
garçon mendiant un regard, un geste de toi,
une brimade. Toute ma vie je t'ai attendue, prêt
à t'offrir le pardon, à oublier cette indifférence
qui te rendait si belle. Le mur de la folie t'a
longtemps permis d'ignorer mes crimes, ce soir
tu ne peux plus fuir. La Place t'attend... avant,
ma reine, ton prince jouera une dernière fois
cette mélodie tzigane que tu aimais tant. Celle

que tu n'oses plus écouter, celle que mon père te chantait avant qu'il ne se pende. Pleure, la mère, maudis ton fils. À l'abri chez Gringa, tu ne peux rien contre moi. Ma seule reine dort comme un ange, sans savoir que le diable veille, le violon à la main.

L'odeur du sang frais s'infiltre dans les rêves. Enivrés par cet effluve sauvage, les enfants de la Place se réveillent, brandissant le drapeau de la haine. Personne ne s'attendrit de la triste fin d'Otávio. De ma fenêtre, j'attends Aparecida, celle que j'exècre depuis tant d'années. Ce démon a brisé ma vie, elle ne supportait pas notre bonheur, il a fallu qu'elle le détruise. Je ne suis pas belle, je n'ai jamais eu son panache. Mon homme a cru ses paroles mielleuses, ses regards tendres. Grisé, il m'a quittée un soir de Carnaval. L'Aparecida est un vampire insatiable, vite, il lui a fallu d'autres victimes, du sang neuf. Abandonné, mon homme s'est pendu un mercredi des Cendres, sans savoir qu'il avait insufflé la vie dans le corps de sa reine. Sans savoir qu'une nouvelle victime naîtrait à la Noël. Nina la Nordestine n'a pas pitié, l'heure des comptes a sonné. Contrainte d'affronter ses cauchemars, la reine Aparecida finira par déchoir.

Manuel s'accroche à moi, sa main fond dans la mienne. Sa soif de vivre et son courage m'impressionnent, moi qui le croyais faible. Zé est déjà au courant et, quand il nous voit, il se jette dans nos bras, heureux de voir nos têtes bien en place. Ils échangent un regard et je comprends leur amour, je les envie. Si seulement elle pouvait m'apprendre.

J'ai peur. Pour une fois j'aurais mieux fait d'écouter maman et de me tenir tranquille, mais je ne peux pas rester comme ça à attendre le malheur. J'aime trop Gringa. Qui à part elle me prendra la main et m'emmènera manger des pasteis ? Qui me caressera les cheveux pendant des heures ? Je dois la sauver. Du toit, je vois l'Accordeur et ma Gringa endormie à ses côtés. Mon cœur cogne si fort que j'ai mal aux oreilles. En plus, j'ai une terrible envie... Mes yeux piquent, faut pas pleurer. Je déteste être un petit garçon, je voudrais être comme Turco. J'ai jamais récité de prières, mais là je donnerais bonbons et sous pour en connaître une.

Mes doigts frémissent, tambourinent, hésitent. Ils te parcourent, te pincent, se perdent sur ta peau ambrée. Les courbes de ton corps me fascinent, je les connais si bien, mon archet les dessine les soirs de solitude. Regarde, violon maudit, Gringa s'éveille. Ses yeux m'interrogent sans crainte. L'imprudente s'assoit et glisse un léger baiser sur mon front, chaste présent pour récompenser ces heures paisibles. Son visage serein rayonne de bonté, elle me sourit. La mort attendra. Gringa, prends ce violon et offre-le à Maria Aparecida, celle qui ne m'a jamais considéré avec cette douceur-là. Non, je ne jouerai plus pour toi. Tonio le borgne le fera à ma place. Adieu, Bahia.

Les voilà qui arrivent, je les vois affluer vers la Place. Ils me saluent entre mes volets bleus. Le soleil est au rendez-vous, doucement il rejoint les autres. Royale, Maria Aparecida attend sur les marches de l'église. Son corps est raide, tendu par la vérité. La fin est proche. Résignée, elle attend le fils. Moi, Nina, je sais qu'il ne viendra pas, c'est l'affront suprême. Sérgio somnole près de moi, il s'est faufilé entre les tuiles et a glissé vers ma tendresse. Il paraît que l'Accordeur s'est enfui par les toits, transfiguré.

Ils sont tous là, mes enfants. Safir grogne, inquiète pour sa Gringa porcelaine, Rubi la cajole. Pipoca sirote une bière sous l'œil désapprobateur du Doutor. Padre Denilson prépare son église, un dernier hommage à Otávio, il faut pardonner, dit-il. Ivone tresse les cheveux d'Antonia, Turco veille à leurs pieds. Doutor Augusto sue, il ne fait pas encore jour. Tonio le borgne sifflote. Mama Lourdes et Teresa la dévote présagent le pire, Gabriela l'orpheline grignote, la tête posée sur l'épaule de Sônia la putain. Le chien se faufile dans l'église en quête de Padre Denilson. Sérgio attend près de Nina qui me fixe avec sa haine habituelle. Maria Aparecida, reine du Pelourinho, ne vous a pas quittés longtemps.

Je trouverai Maria Aparecida, je tiendrai ma promesse. Le violon à la main, je fouille ruelles, squares et églises. Le musicien s'est envolé, il me faudra oublier la douleur de ses yeux tristes, la beauté de ses mains, ses silences. Ses notes m'accompagnent, elles ne me quitteront plus. Mes doigts pincent les cordes de son violon, ils tremblent puis retrouvent une certaine maîtrise. Pour la première fois, ils rejouent la berceuse de ce matin d'avril, ailleurs, dans une autre vie.

Quelle est cette voix claire qui chantonne ? Pas un souffle ne traverse la Place, tous ses enfants se figent. Gringa approche, résolue. Étonnée de voir la Place ainsi rassemblée, elle écarquille les yeux mais se ressaisit à la vue d'Aparecida, statue d'orgueil qui la toise avec froideur. Elle avance avec détermination et lui tend le violon, offrande maudite. Aparecida recule, pétrifiée. Son corps s'affaisse, elle chancelle, se reprend vite, descend les marches de l'église, renverse ses bouteilles et disparaît.

RIO DE JANEIRO

Adossée à sa porte, Mama Lourdes fume un cigare. Sérgio feint de l'ignorer et presse le pas mais la prêtresse vaudoue l'appelle de sa voix rauque, de cette voix qu'il exècre. Ses yeux le traversent, le fouillent, le dérangent. Surtout ne pas se retourner. La Place n'est plus très loin.

Des volutes de fumée l'encerclent, envahissent ses narines puis sa gorge, l'odeur lui monte à la tête. Sérgio ne voit plus très clair, au tabac froid s'est ajouté le parfum douceâtre du musc sur une peau flétrie. Un avant-goût de pourriture et de mort. Sérgio s'arrête, se retient de vomir. Pareille à une chape de métal, une main lourde de bracelets s'abat sur ses épaules, l'enserre, le meurtrit. Implacable, vorace. Mama Lourdes le toise, un sourire narquois aux lèvres. Sérgio aimerait la griffer, lui cracher à la figure un jet de salive, un gros mollard bien visqueux. Cette sorcière ne l'intimide pas, il ne la craint pas comme tous ces lâches de la Place. Il n'a jamais cru à sa macumba pour touristes, sa magie n'a servi à rien, juste à lui prendre ses économies. Elle le dégoûte. Sérgio se débat, refuse qu'elle le touche une seconde de plus. « Ne cours pas comme ça. C'est fini. Tu ne peux rien changer et Gringa non plus. Personne ne peut rien pour toi, Sérgio. Oublie-la et va-t'en. »

Sérgio se jette sur Mama Lourdes et lui mord le bras avec rage, saisi par une terrible angoisse. Elle relâche son étreinte. Il s'enfuit et laisse derrière lui ces malédictions. Mama Lourdes ment, sa Gringa parlera à sa mère, sa Gringa l'empêchera de partir.

La Place. Enfin. Elle ne lui a jamais paru si belle. Assise sur les marches de l'église, Gringa bavarde avec Pipoca. Sérgio se dissimule derrière le café de César. D'un revers de la main, il se lisse le visage, arrange ses cheveux en désordre puis avance. Une force invisible l'empêche d'aller plus loin. Pris de vertige, Sérgio s'accroche à une chaise. Gringa n'est plus qu'à quelques mètres, elle le regarde avec impuissance, elle non plus ne peut rien faire. Il ferme les yeux mais les rouvre très vite, c'est la dernière fois. Il veut graver son visage dans sa mémoire. Gringa se lève, lui tend les bras, l'appelle. Sérgio détourne la tête et s'échappe dans la direction opposée, la voix rauque l'a retrouvé, elle s'approche, psalmodie d'incompréhensibles litanies. À l'en rendre fou.

Une nouvelle vie, il nous fallait une nouvelle vie. C'était la phrase préférée de maman, elle la répétait sans cesse. Je devais la regarder avec un drôle d'air car elle se mettait à genoux puis me prenait le visage entre ses mains trop rouges et me disait : Sérgio querido, il faut que tu comprennes, les bonbons c'est bien mais tu mérites mieux. Plus tard, tu seras docteur. Mon cœur battait la chamade. Doc-teur. Doc-teur. Ce mot m'étouffait, j'étais écrasé. Maman me demandait l'impossible, moi, je voulais être rappeur, comme mon héros MV Bill. Elle oubliait d'où on venait, les docteurs, personne n'en connaissait par chez nous. Enfin si, il y avait bien le Doutor Augusto sur la Place, mais ceux qu'on voyait tous les jours, c'étaient plutôt ceux des novelas. Ça, on les connaissait, ils faisaient partie de la famille et donnaient à maman des envies de riche. Souvent elle cachait ses larmes quand les amoureux se retrouvaient, elle pensait à papa. S'il n'était pas parti, elle aurait gardé ses jolies mains et moi je n'aurais pas quitté l'école. Quand je voyais toute cette tristesse, j'avais des fois envie de pleurer mais maintenant j'étais l'homme de la maison, il ne fallait pas. Je lui promettais tout ce qu'elle voulait et j'embrassais ses doigts rongés par les lessives et l'eau glacée. Je ne comprenais pas bien pourquoi elle voulait aller à Rio chercher du travail. Tout le monde savait que du travail, à Rio, il n'y en avait pas et que, même s'il y en avait, on ne trouvait pas de logements, encore moins avec sept gamins. Mais maman insistait, on devait s'éloigner de Bahia. Moi, j'avais huit ans et quand je regardais les images de Rio à la télé avec toutes ces attaques dans les bus, les balles perdues et les favelas en guerre, je ne dormais plus la nuit tant j'avais peur. Comment je ferais là-bas pour protéger tout le monde ? Comment je ferais loin de ma Gringa ? J'ai rendu visite à Nossa Senhora da Aparecida dans l'église de Padre Denilson mais ça n'a servi à rien, alors je suis allé voir Mama Lourdes. De toute façon, saints et candomblé ne pouvaient rien contre la volonté de maman. Rio changerait notre vie.

On est arrivés un jour de pluie. Une de ces violentes averses d'été, drue et féroce. Les montagnes semblaient menaçantes, elles nous barraient la route. Pour arriver au centre-ville, une série d'obstacles nous attendaient : ponts, tunnels, voie rapide, embouteillages. Les plus jeunes étaient trempés et pleuraient, alors on s'est arrêtés bien avant la mer et les plages. Maman se cramponnait à ses valises comme si à l'intérieur elle y avait caché sa dignité et ses derniers espoirs. Je voyais bien qu'elle regrettait la Place. Face à nous, des collines tordues, envahies par des milliers de taudis. Mes yeux se perdaient là-dedans. On aurait dit des sangsues. Les baraques s'accrochaient aux montagnes, elles s'y agglutinaient, elles les dévoraient. Je ne sais pas comment ça tenait debout, j'avais l'impression que la pluie et le vent allaient tout emporter. Comment fera-t-on pour vivre dans ce gigantesque trou à rats ? Les bus défilaient vers Copacabana, Lagoa, Botafogo, Jardim Botanico, j'avais envie de grimper dans le prochain et de disparaître. La pluie a cessé et la nuit est tombée d'un coup. L'humidité nous rentrait dans les os, quelques urubus affamés tournaient au-dessus de nos têtes. Et puis les taudis ont disparu dans l'obscurité, les collines se sont illuminées.

On ne voyait plus la différence entre le ciel plein d'étoiles et les milliers de petites lumières. C'était magique. Rassurés, on s'est dirigés vers la favela la plus proche, le morne de la Veuve.

Les petits riaient, maman avait retrouvé son joli sourire et chantait. Moi, je me sentais plus homme que jamais, j'imitais MV Bill et sa démarche tout contrôle. On est entrés dans ce qui semblait être la rue principale. Six heures. Les travailleurs rentraient chez eux, les cars ramenaient des cargaisons de petits uniformes, les vieux promenaient leur arthrose sur les trottoirs défoncés. Les femmes se parlaient d'une fenêtre à l'autre, les maris jouaient aux cartes ou aux dominos, quelques jeunes buvaient des bières sur les escaliers avec des radios à côté. Il y avait des escaliers partout, avec tellement de marches que je n'arrivais pas à les compter. Dans les lanchonetes avec télé, la queue était énorme. Ça sentait bon les pasteizinhos frais et le churrasco bien grillé. Maman et moi on s'est regardés, il y avait une bonne ambiance ici. On a décidé de rester et de s'offrir un bon repas dans un restaurant « au kilo ». À peine avait-on terminé que des motards sont apparus, ils avaient des flingues énormes et hurlaient des ordres à tout va. J'étais paralysé sur ma chaise et je ne comprenais rien à ce qu'ils disaient. Le patron nous a poussés dehors sans ménagements, il devait fermer. Les trafiquants attendaient une grosse livraison. Les rues se sont vidées à une vitesse hallucinante, on ne comprenait pas où les gens disparaissaient. On s'est retrouvés au milieu de la chaussée avec toutes nos affaires. Il n'y avait plus personne, juste les rideaux de fer des magasins. Trois motards se sont approchés et nous ont coincés entre leurs bolides. Ils crânaient et se moquaient de nos valises défoncées et de nos habits sales du voyage. Un garçon à peine plus âgé que moi est descendu de sa moto et a pointé son revolver sur la tête de mon plus jeune frère Edmilson. Je me suis jeté sur lui, le garçon n'attendait que ça. Maman a tenté de s'interposer mais un gars l'a attrapée par les cheveux et l'a emmenée dans un coin. Je hurlais et ces salauds se marraient. Puis un coup de feu. Ensuite je ne me rappelle plus de rien. Juste ces deux lettres tatouées sur le bras d'un des bandits. CV. Comando Vermelho.

Après ça, c'était fini. Foutu, terminé. Je me suis réveillé dans une pièce sordide où ça puait.

On devait être vingt là-dedans. Je cherchais maman et les petits mais je ne reconnaissais personne. Je ne sais pas pourquoi, je me suis mis à penser à la Place. Je voulais revoir Gringa et tous les autres. J'ai voulu me lever pour aller les retrouver mais je me suis écroulé sur le matelas. Un matelas pourri plein de taches qui sentait la pisse. Une grosse Noire s'est approchée et a posé la main sur mon front. Elle m'a dit de me tenir tranquille et a pris un air sévère, du genre on me la fait pas. Quand elle a vu que j'allais chialer, elle s'est radoucie et m'a expliqué que j'étais dans un hôpital clandestin, que des comme moi elle en voyait tous les jours. Je n'arrêtais pas de lui dire que je devais voir ma mère et mes frères et sœurs, elle n'a rien voulu savoir. Je ne bougerais pas d'ici. Ordre du chef. Du chef ? Quel chef ? Alors là, il y a eu un silence et tout le monde m'a regardé comme si j'étais dingue. Sur les murs, il y avait des graffitis, des images de la Vierge et, au-dessus de son voile, encore ces deux lettres CV. J'ai gueulé, la grosse Noire, elle s'appelle Eunice, m'a foutu une claque et m'a dit de la fermer. Eunice m'a donné un peu d'eau de coco puis elle a dit en râlant qu'il y en avait d'autres à soigner. Sur le matelas d'à côté il y avait un autre gars, un black comme moi, il n'avait pas l'air très en forme non plus. Il m'a expliqué fièrement qu'il s'était pris deux balles dans les jambes mais qu'il avait réussi son boulot et pris le flingue du mort. Un fusil 0,5, un vrai bijou. J'ai fait genre de trouver ça cool, moi les armes, j'y connaissais rien, à part les AK-47 des clips de MV Bill. Il m'a demandé si j'avais déjà tué puis il s'est ravisé en disant que j'étais encore un peu jeune. Il me donnait deux ans avant ma première cartouche. J'ai fait le calcul : pour mes dix ans, il m'offrait un casier. J'avais la tête à l'envers et une terrible envie de vomir mais je ne voulais pas qu'on me prenne pour une mauviette. J'ai pensé à Gringa et ça m'a donné du courage. Eunice me surveillait du coin de l'œil et a dit à mon voisin de la boucler. Il a ri et s'est tu dare-dare. Je me suis rendormi et quand je me suis réveillé, maman était là, comme un fantôme. Les petits aussi mais j'ai vu qu'il en manquait deux. J'ai demandé où ils étaient, personne ne m'a répondu. Alors j'ai compris les coups de feu.

De huit, on n'était plus que six ou plutôt cinq car maman, on ne pouvait plus dire qu'elle comptait beaucoup. Eunice nous a gardés chez elle et m'a dit de ne pas m'inquiéter pour le loyer. Elle m'offrait un boulot à l'hôpital contre un toit pour nous tous. Le chef le lui avait demandé, le « Philosophe ». On l'appelait ainsi parce qu'il avait des idées bien à lui, des trucs de révolution. La communauté s'était améliorée grâce à lui, il avait construit deux nouvelles écoles, une crèche et un système d'égouts incroyable. Les habitants de la favela l'aimaient bien. Bien sûr, son boulot, c'était la came mais personne ne l'avait jamais vu fumer, sniffer, ni même boire. Il paraît qu'il lisait beaucoup, et des chefs instruits, on n'en trouvait pas, le Philosophe faisait la fierté de la favela. Il a su pour Edmilson et Adriana et n'a pas apprécié. On ne tuait pas aux portes du morne de la Veuve, on ne volait pas non plus. Ça attirait les flics et lui donnait mauvaise réputation. Les trois motards ont été jugés puis punis d'une balle dans la tête. Le Philosophe s'en est lui-même chargé, il aimait donner l'exemple de temps en temps. J'ai voulu le remercier, mais comme il ne restait jamais longtemps au même endroit, je n'ai pas réussi. Mais lui voyait, entendait et savait tout. Il a eu le message. Renato, Percival, Luciana et Taissa ont été à l'école et moi, j'aidais à l'hôpital clandestin. Au début c'était l'enfer. Je n'avais pas l'habitude de tout ce sang et de tout ce stress. Les coups de poing à la porte, la panique, les gars qu'on amène en catastrophe, les filles à avorter, les camés voleurs de médocs. Petit à petit, j'ai appris à reconnaître les métiers par les blessures. Menuisiers, maçons, garagistes, y avait toujours un truc pour savoir. Parfois grâce aux balles aussi. Plus le gars était haut dans la hiérarchie, plus les armes étaient balèzes. La plupart du temps je bossais avec un casque sur la tête et MV Bill plein les oreilles. Sans lui et les lettres de Gringa, je n'aurais pas supporté. MV Bill venait de la Cidade de Deus, une favela bouillante, et malgré son succès il y habitait toujours. Personne ne lui faisait peur, ni les trafiquants ni les flics et encore moins les politiques. Eunice râlait au début, elle ne trouvait pas sérieux que je bosse en rappant mais elle a fini par accepter. Elle disait que pour une fois qu'un Noir de la favela réussissait et pas comme bandit, il fallait prendre exemple. Je l'aimais bien, Eunice, elle s'occupait de maman et l'emmenait dans son église pour qu'elle se change les idées. Un truc évangélique où un pasteur avec un costume top classe leur remontait le moral. Ce que je n'ai jamais compris, c'est pourquoi il demandait dix pour cent de leur salaire. Comme maman n'avait pas de salaire, elle a donné son alliance. J'ai pensé que c'était bon signe, qu'elle avait oublié papa. Puis comme elle y allait avec Eunice, j'étais tranquille. Je n'aurais jamais dû.

En vrai, je ne me suis rendu compte de rien parce que je n'avais pas le temps. À sept heures, Eunice et moi, on partait pour l'hôpital. Une fois là-bas, les heures filaient à toute vitesse, fallait qu'on retape les déchets de la nuit, avions, guetteurs, vapeurs, soldats, femmes à raclées, paumés en tout genre. Eunice et un infirmier à la retraite recousaient, coupaient, arrangeaient, consolaient. Moi je nettoyais, j'épongeais, j'assistais. Au bout d'un moment, ils m'ont chargé d'annoncer les décès aux familles. Alors ça, j'ai refusé net. Je me suis réfugié dans la pharmacie pour protester. C'est devenu mon territoire, mon kiffe. Il était loin le temps où je vendais tranquillement mes bonbons sur la Place. Les médocs avaient remplacé caramels, sucettes et chocolats. Quand il y en avait un qui souffrait trop, je lui préparais un super-cocktail. Je prenais les pilules avec les couleurs les plus flash, elles devaient faire un super-effet. Bon, d'accord, les médocs filaient à une allure dingue mais je m'étais arrangé avec des potes pour me réapprovisionner. Dès qu'ils se tapaient une banque en ville, je leur demandais de passer à la pharmacie en chemin. Quand ils n'avaient pas trop de flics aux fesses, ils revenaient toujours avec quelque chose, paraît même qu'ils y prenaient plaisir, ils chouraient pour la communauté et c'était encore plus excitant que de dévaliser les touristes. Les journaux ont même parlé de la bande des « pharmaciens ». Ils pensaient qu'on volait les médocs pour les copier et en faire des faux avec de la farine... Le pire c'est que c'était pas une mauvaise idée... Le seul problème avec mes potes, c'est qu'en général ils bossaient dans l'urgence et prenaient ce qu'ils pouvaient, ils me ramenaient des trucs complètement inutiles. Je savais plus quoi faire avec les crèmes à bronzer, les antirides et les patchs pour arrêter de fumer. Une fois sur deux j'avais de l'alcool, de l'aspirine et des pilules de couleur. Je précisais toujours : roses, bleues ou jaunes. À mon avis, c'est ce qu'il y avait de plus efficace.

À midi pile, je lâchais tout et filais en taxi-moto pour récupérer les petits à l'école. Maman n'y allait pas parce qu'elle n'avait pas la force de monter toutes ces marches. Pas une fois je ne suis arrivé en retard, j'y tenais. On était une vingtaine de mecs à attendre les gosses, les autres c'étaient plutôt des papas plus âgés, mais comme j'étais chef de famille, personne ne faisait vraiment la différence. On discutait des profs et des progrès des petits sur le trottoir, on faisait nos fiers, on comparait les résultats et souvent les punitions. Les mères bossaient en bas, en ville. Domestiques, coiffeuses, vendeuses, caissières, elles avaient à peine le temps de bouffer et ne pouvaient pas remonter à midi. Alors, nous les mecs, on s'occupait des gosses, on allait les chercher, on prenait les cartables et on les ramenait à la maison pour manger et faire les devoirs. Moi, j'avais un peu de mal avec les quatre cartables et tous leurs petits doigts qui s'accrochaient à mon short. Mais comme je ne voulais pas faire de jaloux, on a inventé un système. Le lundi, les deux garçons me prenaient la main et le mardi c'était les filles, à tour de rôle jusqu'au vendredi. Comme ça tout le monde était content. On déjeunait ensemble avec maman et Eunice puis je les accompagnais à l'association « Un sourire pour demain » pour apprendre la peinture, la musique et tout ça. Ils avaient pas le droit de jouer dans la rue tout seuls, je me méfiais trop. Un pote m'avait dit qu'un soldat avait engagé mon frère Renato pour surveiller les rues. Il était super fier et priait pour qu'une voiture de flics passe dans sa zone. Avec son cerf-volant à tête de mort, il alerterait le morne et deviendrait un héros. Le crétin. Ce jour-là, il s'est pris la raclée de sa vie. Eunice et maman ont dû nous séparer, il m'en voulait à mort de lui avoir foutu la honte devant ses copains. Les filles, je n'avais pas de problème, sauf qu'il fallait toujours leur ramener un cadeau. Qu'est-ce que j'en savais moi des trucs de filles ? Chaque semaine je me creusais la cervelle pour leur trouver une bricole. Mais rien qu'à voir leur bonheur après, ça valait la peine. Un jour j'ai dégoté un truc génial, une rareté comme disait le vendeur. Un jouet pour princes. On a négocié sec et j'ai fini par l'embarquer pour pas cher. Quand je me suis ramené avec à la maison, ils sont tous restés muets. Eunice a pris son air à pas rigoler, maman et les autres ont poussé des cris de joie. Je pensais qu'avec ça j'aurais la paix, je me suis bien trompé...

L'hôpital ne payait pas beaucoup mais j'étais le roi de la débrouille. L'école des petits, c'était le chef qui régalait. Il a même voulu m'offrir une chaîne hi-fi pour que je puisse écouter MV Bill à la maison. Le Philosophe était aussi un grand fan de MV Bill, je crois même qu'ils se connaissaient. Mais Eunice a décrété qu'on n'avait pas la place dans notre trou et que ça pourrait attendre. J'y croyais pas et j'allais l'ouvrir mais valait mieux la fermer... En vérité, Eunice voulait me protéger, m'empêcher d'entrer dans le système. D'abord on a la chaîne, après on veut la télé avec le câble puis les nouvelles baskets. Pourquoi un gosse de chez nous aurait besoin de Nike ? Eunice ne comprenait rien aux nouveaux trucs à la mode. Même un gosse de chez nous avait besoin de Nike, alors, quand le trafiquant venait nous tourner la tête avec ses trois cents reais la semaine, ce n'était pas facile de résister. En une semaine on ramassait deux fois plus de fric que les parents en un mois. On avait l'impression de ressembler aux élèves de l'école américaine, trois cents mètres plus bas, à vingt mille dollars l'année. La classe quoi. Eunice répétait toujours que chacun devait rester à sa place. Et là, je m'énervais. Si je devais rester à ma place alors pourquoi elle voulait que je devienne docteur ? Moi, je ne la trouvais pas logique des fois, Eunice. J'aurais bien pris les trois cents reais par semaine mais je n'avais pas trop envie de braquer une banque ou un truc du genre. J'avais huit ans. Pour livrer et buter, c'était le top parce qu'à ta majorité le juge effaçait ton casier. Une loi nickel qui arrangeait tout le monde. Les gamins se faisaient la main et du fric, les bandits ne risquaient rien, et les flics, ça leur facilitait le boulot de regarder les gosses régler les comptes et tomber comme des mouches. Une fois dans le système, l'espérance de vie chutait comme une montagne russe. À vingt-cinq ans si t'étais encore vivant, c'est que t'étais un vrai chef. Et tout ça, Eunice le savait et maman lui avait mis dans la tête cette histoire de docteur. À elles deux, elles finiraient par y arriver. Comme je disais, l'hôpital ne payait pas vraiment, alors quand j'ai eu la main, j'allais dans les maisons soigner ceux qui ne pouvaient pas se déplacer ou ceux pour qui l'hôpital était trop risqué. C'est comme ça que j'ai rencontré mes deux potes Sardine et Chiclete. En échange, on me donnait du fric, surtout les bandits, mais avec les autres, on préférait le troc. Tissus, viande, bombonne de gaz, riz. Tout était bon à prendre. On a commencé à m'appeler Doc. Ça me foutait la trouille parce que je ne pouvais pas guérir tout le monde. J'avais peur de la vengeance des tarés qui penseraient que c'était ma faute. Une fois, il y en a un qui m'a mis son calibre 38 sur la tête et qui m'a dit : « Sauve mon pote ou t'iras le rejoindre. » J'ai eu la tremblote, je n'arrivais pas à faire mes points de suture. Je suais et la transpiration me rentrait dans les yeux. Heureusement la blessure n'était pas profonde et je m'en suis sorti, le gars était bluffé. Il m'a filé une liasse de gros billets et m'a tapé l'épaule comme un homme. Il m'a dit qu'en cas de besoin je pouvais demander Purgatoire. Tu parles d'un nom ! Je me suis renseigné, le gars venait du morne de la Grotte et était soldat pour le Comando Vermelho. Un dingue à la gâchette super facile. Il m'avait à la bonne, j'étais content. Maintenant, les gens me reconnaissaient dans la rue et parfois même m'invitaient pour une feijoada. Certains superstitieux me touchaient la tête, ça leur portait chance comme ils disaient. Malgré tout, j'avais toujours pas digéré la mort d'Adriana et d'Edmilson. Mais, Dieu merci, il y avait une sacrée ambiance à la maison depuis le fameux cadeau. Pirate, le perroquet.

Le vendeur m'avait baratiné en disant qu'il parlait super bien et que, même borgne, ça restait un oiseau exceptionnel. Il l'appelait Bandeira[1], parce que ses plumes étaient jaunes et vertes et sa crête bleue, comme notre drapeau... il ne lui manquait plus que « Ordem e Progresso » tatoué sur le front[2]. La tchatche, ça, on peut dire qu'il en avait, l'oiseau. Il ne s'était pas arrêté une minute depuis mon arrivée dans la boutique. Moi, ce que j'aimais vraiment, c'était son cache-œil, comme le capitaine Crochet dans *Peter Pan*, il lui fallait juste un tricorne. Alors de Bandeira, je l'ai transformé en Pirate. J'ai hésité quand même longtemps avant de le prendre parce que Eunice allait pas trop aimer cette idée. Le vendeur me bassinait les oreilles et Pirate l'imitait et me faisait marrer, j'imaginais déjà la tête des petits, je les voyais battre des mains et tout ça. Bon, c'est vrai que j'ai tout de suite pensé à lui apprendre les chansons de MV Bill mais je jure que je l'ai acheté pour eux. Le vendeur l'a mis dans une jolie cage, bien grande. Je me demandais où on la met-

1. Drapeau.
2. « Ordre et Progrès », devise inscrite sur le drapeau brésilien, inspirée de la philosophie positiviste d'Auguste Comte.

trait, vu le manque de place, et ce qui m'inquiétait le plus, c'était la chaleur. Chez nous, la chaleur, c'était pire que tout, à cause du ciment qui la retenait. On avait pas encore de ventilateur. Je me suis vite rendu compte que pour la place et la chaleur on s'arrangerait, mais pour le reste, ça n'allait pas être facile. Le reste, ça veut dire Eunice. En deux heures à la maison, Pirate a foutu un bordel pas croyable, le gars avait oublié de me dire que ce perroquet avait un caractère de cochon. C'est peut-être pour ça qu'Eunice et lui se sont tout de suite détestés. Les petits essayaient de lui arracher les plumes et se sont débrouillés pour le sortir de sa cage. Une fois dehors, il s'est mis à tournoyer dans la maison et à tout renverser. Comme on vivait à sept dans deux pièces minuscules, ça a vite dégénéré. Maman hurlait parce qu'il s'accrochait à ses cheveux, les filles riaient comme pas possible, Renato essayait de l'attraper avec un couteau et Percival se cachait sous la table de la cuisine. Moi, je me prenais une sacrée engueulade dans la cour de la voisine. Toute la rue était à la fenêtre pour voir d'où venaient les cris, ils pensaient qu'un malheur nous était arrivé. Eunice gueulait à perdre la voix tellement elle avait les nerfs. En vrai, elle était super vexée parce que

Pirate criait : « Patapouf » depuis dix minutes et que tout le monde gloussait. Eunice ne trouvait pas ça drôle du tout et jurait qu'elle nous ferait manger le perroquet dimanche à midi. Je me suis souvenu que le vendeur m'avait dit qu'en cas de problème, il suffisait de lui donner des graines, ça l'occuperait. J'ai laissé Eunice râler chez la voisine et j'ai couru chercher les graines. Renato avait déjà pris le paquet et en avait avalé la moitié, il trouvait ça très bon et ne voulait pas les donner à Pirate. Pirate avait vu ses graines et volait au-dessus de nos têtes, l'air pas très content. Comme le plafond était super bas, ses ailes ont cogné l'ampoule, elle s'est cassée et on s'est retrouvé dans le noir. Il y a eu un silence puis quelqu'un a allumé un briquet. Un homme en uniforme. Un flic du BOPE[1]. Contrôle de routine. On a tous arrêté de rire. Même Pirate.

Le type était seul. Bon signe. Au moins, on n'avait pas affaire à un escadron de la mort. De toute façon, les escadrons ne venaient jamais seuls et en plus ils cachaient leurs visages, mais pour la plupart ils étaient de la police militaire.

1. Bataillon des opérations spéciales.

Eunice a rappliqué illico avec une lampe de poche et a demandé gentiment au type de l'aider à remplacer l'ampoule. Il a hésité, surpris par son ton aimable, il devait pas trop avoir l'habitude. Elle a toujours été trop forte, Eunice. Moi, je flippais pour Pirate. S'il le découvrait, on finirait au poste parce que Pirate, c'était de la contrebande et on pouvait aller en prison à cause de lui. Je cherchais Renato dans le noir pour qu'il chope Pirate et aille le cacher quelque part. Mais cet idiot fixait le flic comme s'il avait vu un extraterrestre, je le voyais à la lumière de la lampe de poche. Je sais bien à quoi il pensait. Maman a lissé ses cheveux en désordre et s'est approchée d'Eunice et du flic. Au passage, elle a poussé Renato vers la cuisine où Pirate cherchait à manger. Ils pourraient filer tous les deux par l'unique fenêtre de la maison. Renato a mis deux minutes à comprendre. Trois secondes plus tard, l'ampoule fonctionnait. Heureusement Renato avait déjà disparu. J'espérais juste qu'il n'irait pas chercher ses copains, je n'avais pas trop envie d'une tuerie. Maintenant le flic bavardait avec maman et Eunice, il avait posé son flingue sur la table, un 9 mm tout neuf. Il n'avait pas remarqué le bordel ou s'en foutait. Je crois que ça ne devait pas lui arriver très souvent de causer tranquillement avec des gens de la favela. En général, on était plutôt en guerre. Il nous a montré la photo de sa famille, lui aussi habitait une favela, mais pas dans la Zone nord. Comme quoi, on n'était pas si différents. Le talkie-walkie n'arrêtait pas de l'appeler et de lui demander s'il voulait du renfort, et lui rigolait. C'était un bon gars. Il a fini par se lever, on voyait bien qu'il aurait voulu rester mais on risquait tous d'avoir des ennuis. Avant de sortir, il nous a salués avec un clin d'œil et a ajouté qu'on ferait bien de mater ce perroquet, sans quoi il finirait par tous nous commander. Même Eunice n'a pas su quoi dire.

Renato séchait de plus en plus l'école, je ne pouvais rien y faire, même pas le juger. Il entrait dans le système et je devais l'accepter. Il avait choisi son camp. Après tout c'était mon frère et ça, il n'y avait rien de plus sacré. Les week-ends, il disparaissait pour s'éclater dans les bals funk. Eunice et moi avions peur pour lui parce qu'il était encore tout mince et pas très grand et dans certains bals il y avait des bagarres terribles entre bandes rivales. On en savait quelque chose parce que les funkers atterrissaient souvent à l'hôpital. Je n'imaginais pas

Renato là-dedans. Sardine et Chiclete m'ont rassuré, Renato ne dansait pas, il vendait de la bière artisanale que deux copines lui préparaient. Il en écoulait trois mille par soir et était débordé. J'hallucinais complètement, il devait se faire un max de fric. Personne n'en avait jamais vu la couleur. Eunice lui avait proposé de lui servir de banque mais il ne voulait rien savoir, alors, c'est moi qu'elle contrôlait. Je ramenais pas mal de sous et j'essayais d'arranger la maison avec l'aide de copains maçons et mécaniciens. On trafiquait pour les compteurs d'eau et d'électricité puis on a commencé les travaux en haut. Le Philosophe avait donné la permission de construire un étage, ça nous ferait trois pièces. Eunice n'approuvait pas toutes ces dépenses et me conseillait de mettre l'argent de côté pour ma mère et mes sœurs. Elle n'avait pas tort, Eunice, et je l'écoutais, jusqu'à ce fameux soir.

La journée avait été dure et j'avais envie de regarder la télé tranquille. Je suis arrivé à la maison, il y avait le pasteur assis à table, comme un roi de la Bible. Il était à ma place et caressait la tête de Taissa, ma préférée. Maman avait mis une robe neuve et du rouge à lèvres pour la première fois depuis notre arrivée. J'ai trouvé ça louche mais je n'ai rien dit jusqu'au moment où Pirate a commencé à chanter : « Coucouroucoucou. » Cet oiseau de malheur m'énervait et le pasteur riait. Pirate, fier de plaire à un nouveau public, en rajoutait. Le traître s'était même posé sur son bras et ronronnait. Je me suis approché pour le remettre dans sa cage, le pasteur le protégeait avec son autre bras. C'est comme ça qu'il a fait tomber une enveloppe pleine de billets. Des billets de 20 et de 50. Une petite fortune. Pirate s'est jeté dessus. Eunice et maman étaient rouges de honte. Il y avait pas de quoi en faire un plat mais Eunice n'osait toujours pas lever la tête. Alors j'ai compris qu'il s'agissait de mon fric. Mes économies. Pour mon futur. J'avais envie de tout casser et je ne sais pas ce qui m'en a empêché. Je suis sorti pour ne plus les voir. J'étais tellement furieux que j'ai oublié mon casque avec le nouveau CD de MV Bill. Ça m'aurait calmé. Au lieu de ça, je suis allé retrouver Sardine et Chiclete. On a déconné.

Tout est arrivé par la faute de ce pasteur de merde. Si je ne l'avais pas vu installé chez nous avec ce sourire idiot, je n'aurais pas fumé. Sardine et Chiclete me charriaient depuis un moment. Ce qu'ils ne comprenaient pas, ces deux abrutis, c'est que quand tu bosses dans un putain d'hôpital clandestin, tu ne planes pas, et que même si t'en fumes dix de joints, tu ne planeras jamais parce que la réalité ne te laissera pas faire. Mais ces crétins, ils étaient guetteurs dans les zones 3 et 4 et fumaient en attendant que quelque chose se passe. Et comme le morne de la Veuve était calme, ils pompaient comme des malades. Alors quand ils m'ont vu arriver avec les nerfs, ils en ont profité. On a attendu que les autres guetteurs prennent le relais et on est allés à un point de vente s'approvisionner. Sardine a déniché une bouteille de cachaça et on est montés au sommet du morne. Avec la vue qu'on avait là-haut, on planait déjà. Derrière nous, la forêt de Tijuca et en face la Lagoa, ses condominios avec piscine, tennis et tout le reste. Sans parler du Christ perché sur sa montagne. J'ai vu le Christ et je me suis rappelé ce foutu pasteur. J'ai arraché le joint des mains de Chiclete et je l'ai allumé. Les deux autres se retenaient de rire et me laissaient faire. J'ai tiré une taffe et failli m'étouffer. Sardine et Chiclete n'en pouvaient plus tellement ils se marraient. Je tirais sur le joint comme un dingue mais je n'aimais toujours pas ça. J'étais le Doc et je ne planais pas. J'ai pris la bouteille de cachaça et me la suis envoyée en une demi-heure. Sardine et Chiclete n'en croyaient pas leurs yeux et avaient la rage parce qu'il ne restait plus une goutte. J'avais la bougeotte et j'en avais assez de voir le Christ au-dessus de ma tête avec ces deux bras grands ouverts comme s'il protégeait Rio de ses biceps en pierre. Il faisait mal son boulot, le Christ, et je lui en voulais. Fallait que je me défoule. Sardine et Chiclete ont sorti leurs flingues. Pas ceux du boulot, les autres, ceux qu'ils avaient gagnés à la loterie. Ils ont proposé de m'offrir ma première arme, à cent reais[1] on en trouverait une pas mal. Ensuite on irait tirer sur le mur pas loin de la forêt, là où on exécute les gens. Sardine et Chiclete pensaient qu'il n'y aurait personne. On a trouvé un flingue, je l'ai mis bien en évidence entre mon short et mon tee-shirt puis on est partis s'entraîner. On était défoncés, on s'est perdus au moins dix fois, les ruelles partaient dans tous les sens et dans l'état où on était on ne les reconnaissait plus. Quand on est enfin arrivés au mur à exécutions, un gars suppliait à genoux. Ça nous a dessoûlés direct, on a fait marche

1. Vingt-huit euros.

arrière, mais le connard qui allait mourir nous avait vus et hurlait pour qu'on vienne l'aider. Sardine et Chiclete ont détalé comme des lapins, moi j'avais du mal à courir à cause de toute la cachaça. Les bandits m'ont attrapé. Ils ont vu mon flingue et m'ont dit : « À toi l'honneur, petit. »

Quand elle m'a vu rentrer sain et sauf, maman a marmonné quelque chose du genre : « Le pasteur l'a sauvé. » Pirate tournoyait au-dessus de ma tête comme s'il m'inspectait. Je l'ai poussé et je suis allé droit sous la douche. Je suis resté des heures sous l'eau et quand je suis sorti, quelqu'un avait pris mes vêtements. Je les ai cherchés partout, ils avaient disparu. Je me suis habillé et là, j'ai vu. Il y en avait dans toute la maison. Des traces de sang. Sur le sol, des empreintes rouges bien dessinées. J'ai pensé à Mama Lourdes et ses malédictions, elles me rattrapaient ; j'entendais presque sa voix rauque. Mais heureusement ce n'était que Pirate. Il avait pris mon tee-shirt et n'avait rien trouvé de mieux que de promener ses serres ensanglantées sur le sol, les murs et la table de la cuisine. Je maudissais le jour où je l'avais ramené. Heureusement, maman préparait les petits pour l'école et Eunice était à la cuisine. Elle me fixait d'une manière terrible, sans dire un mot. Et ça, c'était pire que tout parce que Eunice, elle, disait toujours quelque chose. J'ai tout nettoyé en vitesse et j'avais à peine fini qu'elle m'a demandé si j'allais bosser avec elle ou pas. J'ai hoché la tête et je l'ai suivie en silence. Pirate nous a dit au revoir dix fois, puis Eunice et moi on l'a vu apparaître en plein milieu du chemin, il avait dans le bec mon casque avec mon CD de MV Bill, il sentait que quelque chose ne tournait pas rond. Ce jour-là, je n'ai pas voulu écouter mon CD parce que MV Bill n'aurait pas été très content s'il avait su ce que j'avais fait. Il rappait pour des gamins comme nous, pour qu'on tombe pas dans le système et moi je battais des records. Le mec à l'hôpital m'avait donné deux ans avant ma première cartouche, j'avais réussi à faire mieux encore. Mais ce qui me dérangeait le plus, c'est que je n'avais pas eu peur. J'ai tiré, le mec est tombé, j'ai jeté mon arme et je suis parti. Sardine et Chiclete s'étaient cachés dans une vieille baraque abandonnée et quand ils ont vu qu'on risquait plus rien, ils sont sortis. Ils me rejouaient la scène encore et encore, et moi je voulais qu'ils la ferment. J'ai passé la matinée dans ma pharmacie, la routine de l'hôpital me rassurait, j'étais le Doc et j'aimais soigner les gens. Vers cinq heures de l'après-midi, on m'a envoyé pour une urgence au sommet du morne. J'étais un peu étonné car là-haut on ne montait pas souvent, c'étaient les quartiers du Philosophe. J'ai passé les barrages sans problème, les gars me tapaient sur l'épaule comme s'ils me voyaient tous les jours. Je suis entré dans une maison, il y avait des gosses bien habillés, plein d'espace et une blonde maquillée comme une princesse. Je l'ai tout de suite reconnue, c'était Gilda, une des femmes du Philosophe. Elle m'a embrassé très fort, pour me féliciter. Je pensais qu'elle parlait de mon boulot à l'hôpital puis j'ai compris que ce n'était pas pour ça. Quand j'ai enfin pu me dégager de ses bras pleins de parfum, j'ai vu le Philosophe. Et derrière lui, le pasteur.

Je n'avais jamais vu le Philosophe et j'ai eu un choc quand il s'est levé. Je ne comprenais pas comment un mec aussi petit pouvait mater la moitié de la Zone nord. Puis il a souri parce qu'il a dû deviner ce que je pensais. Il avait un sourire incroyable. Comme les acteurs de télévision. Des dents super blanches, bien alignées. Un truc dément. Avec un sourire pareil, il aurait dû faire de la politique, on pouvait pas ne pas voter pour lui. Il a ri puis m'a dit de m'asseoir. Moi, j'étais scié. D'abord parce que j'étais chez lui et ensuite parce qu'il avait l'air de tout sauf d'un trafiquant et encore moins d'un mec de chez nous. Pourtant il était né et avait grandi ici, sur le morne de la Veuve. Sur les murs, il y avait une affiche énorme avec un militaire en béret, des photos de Rio en noir et blanc et des livres. Plein de livres partout. À en avoir le tournis. Eunice aurait dit que, pour la poussière, ça ne devait pas être très pratique. Moi, je pensais plutôt que ça devait donner mal au crâne de lire tout ça. Le Philosophe me regardait et j'avais l'impression qu'il était dans mon cerveau, que je ne pouvais rien penser sans qu'il le sache. Moi, je fixais l'affiche. Le Philosophe m a expliqué qui était le mec dessus. Il s'appelait le Chi, Cho ou Che, je ne me rappelle plus très bien, enfin le gars était mort, avait lutté pour que les gens aient une vie meilleure. Le pasteur faisait oui de la tête et il m'énervait à faire son faux-cul. En fait, le gars au béret c'était un genre de MV Bill mais en militaire, quoi. Le Philosophe a trouvé ça très drôle. Ce connard de pasteur a dit que lui aussi s'était installé ici pour aider les pauvres. Il m'écœurait avec son baratin. Il remerciait Dieu tous les jours d'avoir atterri dans une favela avec un chef aussi intelligent et tolérant. À eux deux, ils feraient du morne de la Veuve un exemple, Dieu les aiderait et les protégerait. Ce pasteur y allait vraiment fort. Même le Philosophe casquait. Je n'en revenais pas. J'ai remarqué qu'il n'y avait pas d'armes dans le salon. Comment on pouvait être chef sans un AR-15 à côté ? Le Philosophe m'impressionnait vraiment. Je commençais presque à le préférer à MV Bill. Il me posait des questions sur mon travail à l'hôpital et n'arrêtait pas de répéter combien j'étais utile pour la communauté du morne de la Veuve. La communauté. Ouais. Je bossais surtout pour que la famille puisse bouffer mais bon, c'était pas moi qui allais lui apprendre ça. Puis il m'a parlé de Renato, qu'il avait entendu des choses sur lui. Là, j'ai avalé de travers, finie la rigolade. Je me demandais ce que Renato avait encore inventé. Apparemment, à part sa fabrication de bière, il dealait de temps en temps, sans passer par les réseaux réguliers. Le Philosophe aurait dû lui trouer la main depuis longtemps, s'il ne l'avait pas fait c'était par respect pour moi, pour ma mère et pour Eunice. Quand il a dit « ta mère », je l'ai vu regarder le pasteur et je n'ai pas trop aimé, ce n'était pas le moment de piquer une crise de jalousie. Bref, je devais parler à Renato avant qu'il se retrouve avec des problèmes. Le Philosophe ne souriait plus et j'ai compris comment il tenait la moitié de la Zone nord. Le pasteur lisait sa Bible et je voyais bien qu'il kiffait de me voir flipper. Le Philosophe s'est levé, l'entretien était terminé. Il a pris un livre de son étagère et me l'a donné. Cadeau. J'ai fait genre de trouver ça génial puis je me suis dirigé vers la porte, je voulais sortir d'ici. La journée avait été un peu trop mouvementée, je ne tenais plus très bien sur mes jambes. Le Philosophe m'a raccompagné jusqu'en bas et, avant de me laisser partir, il m'a dit : « Déconne plus avec les flingues. »

Les ennuis ont commencé pas très longtemps après cette visite. Renato m'avait écouté avec mépris. Lui, ce qu'il voulait, c'était ressembler à Elias Maluco[1], le chef de la favela voisine. Elias Maluco était connu pour ses méthodes de torture et ses innombrables meurtres. Un des hommes les plus craints de l'État de Rio de Janeiro. Renato disait que c'était un chef, un

1. Elias le Fou.

vrai. Pas comme le Philosophe qu'il haïssait à cause de ses idées de réformes et de paix. Un soir, Renato a pris ses affaires et a disparu. Il a dû partir là-bas, chez Elias Maluco. Eunice et moi, on lui donnait six mois. Dieu sait si on le reverrait un jour. Comment allait-on expliquer ça à maman ? Pirate n'a pas mangé pendant trois jours tant il avait du chagrin. Renato passait son temps à lui foutre des claques mais Pirate l'adorait. Il restait dans sa cage et on entendait toute la journée : « Toto, Toto, Toto. » Même les filles n'arrivaient pas à le consoler. Alors comme j'en avais marre, je lui ai mis mon casque avec MV Bill sur la tête, ça ne pouvait lui faire que du bien. Au lieu d'apprendre les chansons, Pirate a bousillé mon casque et j'ai dû m'en acheter un autre. C'était pas une bonne période. En plus Eunice avait décidé que je serais docteur. Un vrai. Avec des diplômes de l'université et tout ça. Sa nouvelle idée avec maman, c'était l'école. Je ne savais lire que les étiquettes des médocs, ceux avec des grosses lettres de couleur. Eunice disait que c'était une honte à mon âge autant d'ignorance et que le Philosophe m'avait offert un bouquin dont je ne savais même pas lire le titre. Une honte, elle répétait le mot honte dix fois. Moi je lui ai répondu que la honte, c'était d'être aussi grosse et de manger autant. La honte, c'était d'avoir pris mes économies pour les refiler à ce pasteur. Voilà, la vraie honte. J'étais fâché. Elle m'avait blessé la fierté en me montrant les cahiers des deux derniers avec leurs bonnes notes et leur écriture bien alignée. Je n'avais rien à faire à l'école, je ne voulais pas me retrouver avec des gosses de cinq ans. J'étais le Doc, j'avais une réputation à tenir. Eunice me tannait tous les jours et elle a fini par m'avoir. MV Bill donnait un concert bientôt. Si j'acceptais de prendre des leçons, on irait au concert. Tous les deux, c'est elle qui régalait. J'ai eu un fou rire parce que la grosse Eunice là-dedans, ça me faisait marrer. Maman a dit qu'elle m'avait trouvé un prof à moi tout seul, comme ça je gardais l'honneur sauf. J'étais super content, je savais que MV Bill et Gringa auraient été fiers de moi et de mes efforts pour être un mec bien. Alors j'ai accepté. J'ai acheté un cahier, des crayons et j'ai caché tout ça dans un carton à médocs pour que Sardine et Chiclete ne me voient pas. Je suis arrivé à l'adresse donnée par maman et j'ai failli avoir une attaque, c'était ce foutu pasteur. Je n'avais plus envie d'apprendre quoi que ce soit et j'allais péter les plombs comme la dernière fois, mais je me suis souvenu de ce qui était arrivé et ça m'a calmé. Le pasteur était torse nu, short et tongs, l'uniforme de la favela. Je ne le trouvais pas si impressionnant, il avait même une voix différente, moins forte. Il avait l'air d'un gars de chez nous. J'allais me laisser avoir quand je me suis rappelé les enveloppes bourrées de fric, l'alliance de maman et les dix pour cent du salaire que ces crétins de fidèles lui offraient chaque mois. Mais ça, ce n'était pas le pire. J'avais oublié le plus important, je ne sais pas comment j'avais pu oublier. Sardine et Chiclete m'avaient raconté que des gens donnaient leurs lunettes et même leurs dents en or. Il paraît que Jésus allait leur rendre tout ça plus tard. Sardine et Chiclete rigolaient et disaient que l'Église Universelle du Royaume de Dieu, c'était le business du futur. En plus pour embobiner les nanas, c'était l'idéal. Il paraît que le pasteur en avait pas mal et là, Sardine a donné un coup à Chiclete pour qu'il la ferme. Chiclete avait oublié que le pasteur emmenait maman au cinéma. Ils ont changé de sujet et ont parlé du grand chef de l'Église Universelle du Royaume de Dieu, un évêque pété de tunes, qui avait une chaîne de télé, des radios, un avion et des baraques de rêve dans le monde entier. Voler pour voler, valait mieux être trafiquant, au moins, on était honnête, on annonçait la couleur... Je pensais à tout ça devant la porte de la maison et le pasteur s'impatientait. Je lui ai dit que j'avais changé d'avis, je ne voulais pas de ses cours. Il a dit que maman serait très déçue, et là j'ai eu envie de le frapper. Il osait parler de ma mère, ce salaud. Très bien. Je m'étais retenu tout ce temps parce que maman s'était remise à chanter et à sourire, mais là, il y passerait, ça me démangeait trop. Je lui ai envoyé une droite là où je pense. Une droite à la Mike Tyson. Dommage que Sardine et Chiclete n'étaient pas là pour voir. Ce lâche était tellement surpris qu'il n'a même pas frappé en retour. Avant de me casser, je l'ai averti de ne plus mettre les pieds à la maison. Il pouvait oublier ma mère et, s'il osait s'en approcher, j'irais me plaindre chez le Philosophe. Le pasteur est devenu tout rouge et a juré qu'il me ferait regretter mes paroles. Je l'ai laissé parler et suis parti pour l'hosto. Quand je suis sorti du boulot le soir, un fourgon de la PM[1] m'attendait. Comme par hasard.

1. Police militaire.

Ils étaient trois et se cachaient sous des cagoules. Je ne voyais pas leurs visages mais trois paires d'yeux excités à l'idée de ce qui allait suivre. Tout le monde savait que pour se faire du fric, la PM chassait du gamin, nettoyait les trottoirs de la vermine. Parfois même ils faisaient ça gratos, on leur donnait juste les balles. La favela n'était pas leur territoire habituel, ils ne s'y aventuraient jamais sans une bonne raison. J'ai tout de suite su que le pasteur y était pour quelque chose. Le serviteur de Dieu m'offrait une petite virée en enfer et irait ensuite consoler ma mère. Ils m'ont attrapé par la peau du cou et m'ont jeté sur la banquette arrière, pour parler, me poser des questions, je ne devais pas m'inquiéter. C'est sûr qu'avec leurs cagoules, leurs flingues et leur haleine pleine de bière, il y avait de quoi être rassuré. La radio braillait plein tube et je me concentrais sur la musique pour ne pas écouter mon cœur qui battait trop fort dans mes oreilles. Cette mélodie, je la connaissais bien. Oui, je la connaissais mais je ne me rappelais plus du chanteur. C'était un rap mortel, de ceux qu'on écoute une fois et qui obsèdent. Les basses me remplissaient de partout, leur rythme se confondait avec celui de mon cœur. Ma tête était vide, j'avais les mains posées sur les genoux, je fixais mes doigts, je les empêchais de trembler. Ils ont commencé à insulter le chanteur, à le traiter de saleté de macaque, de Noir de merde, de MV Bill à la con. J'ai redressé la tête. MV Bill. MV Bill était là avec moi. Je flippais tellement que je n'avais pas capté. Si j'avais cru au Bon Dieu, j'aurais dit que c'était un signe, que j'allais m'en sortir. On roulait depuis un moment et je voulais en finir. On s'est enfin arrêtés, il n'y avait pas un bruit, juste la puanteur. Une odeur de bêtes crevées, de pourriture. On devait être près d'une décharge. Pratique. Ils m'ont sorti de la voiture et j'ai vomi. Sur la botte d'un des flics. Le premier coup est venu et je suis tombé direct. J'avais décidé de ne pas résister, de leur donner ce qu'ils voulaient. C'était ma seule chance. J'ai supplié un peu, j'ai chialé pour de vrai. J'ai pensé à Mama Lourdes, elle devait voir tout ça dans sa boule de cristal, la sorcière. J'ai eu un flash, Gringa et moi sur les marches de l'église, ça me faisait encore plus mal alors j'ai essayé de switcher sur MV Bill. Ses paroles me donnaient du courage mais les insultes des flics étaient plus fortes que la douleur, la peur et mon impuissance. La haine est apparue. Dans tout mon corps. Elle avait toujours été là, bien enfouie.

Elle est revenue comme une énorme vague et je me suis noyé. Mon visage pissait le sang, je ne respirais presque plus, seule la haine me gardait vivant. Il fallait tenir. Pour maman. Pour les petits. Pour Eunice et le concert de MV Bill. Pour revoir ma Gringa. Pour qu'ils payent. Les flics ont arrêté, pensant avoir terminé le boulot. Ils transpiraient tellement qu'ils ont enlevé leurs cagoules. De toute façon, il n'y avait plus rien à craindre, ils m'avaient terminé. Sans même une balle. Je ne la valais pas. Le plus grand a voulu s'en aller, il trouvait que l'odeur était insupportable. Les deux autres ont refusé, ils avaient envie d'une clope avant de partir. Une bonne clope comme après l'amour, a dit un des gars. Ils se sont marrés et ont ouvert le coffre puis se sont assis sur le bord pour fumer. Ils avaient même des bières. La baston leur avait donné soif. J'étais à leurs pieds, à quelques centimètres de leurs bottes militaires, ils bavardaient tranquillement et parlaient de ce qu'ils feraient avec le fric du pasteur. Une nouvelle télé, des vacances. Ils m'ont poussé et ont trinqué à ma santé et à celle du pasteur. Je voulais voir leurs visages. J'ai ouvert un œil, il faisait trop sombre mais la braise d'une cigarette a éclairé le profil d'un gros avec une verrue sur le

nez. J'ai refermé les yeux, je le connaissais. Il
habitait à dix mètres de chez moi et prétendait
être chauffeur de taxi. Sa femme allait chez le
pasteur avec Eunice et maman, il venait bouffer
à la maison les jours de congé. Ce même gros à
la verrue fumait devant ce qu'il croyait être
mon cadavre.

Quand le pasteur a vu arriver Eunice à neuf
heures du soir, il a cru qu'on m'avait retrouvé
mort, il a pris une tête de circonstance et s'est
approché pour la consoler. Eunice venait sim-
plement me chercher, elle ne comprenait pas
pourquoi il essayait de la prendre dans ses bras,
elle était si grosse que de toute façon c'était
impossible. Le pasteur lui a dit qu'il s'occuperait des funérailles et que l'Église Universelle
du Royaume de Dieu prendrait les frais à sa
charge. Eunice a voulu savoir qui était mort et
là, il y a eu un blanc. Eunice a répété sa question et le pasteur ne répondait toujours pas.
Tout le monde savait qu'on ne rigolait pas
quand Eunice prenait son accent de Fortaleza,
en plus, avec ses cent vingt kilos et ses yeux
terribles, elle pouvait faire peur. Le pasteur la
connaissait douce et gentille de la messe, ce
jour-là il a cru voir le démon. Il s'est mis à

genoux mais il ne disait toujours rien. Eunice me réclamait de plus en plus fort et lui se taisait, la tête baissée. En vrai, Eunice avait des doutes. MV Bill et moi, on avait fini par lui mettre la puce à l'oreille sur son pasteur et ses rackets. Elle ne voyait pas pourquoi elle devait donner tout cet argent à l'Église Universelle, Jésus n'avait pas besoin de bifteck. Alors Eunice a décidé qu'il passerait à confesse et vite, elle gueulait tellement que les voisins sont venus. Il y avait Tutu le charpentier, Clélia la couturière, Tasso le chauffeur, Zeca le barman, Galileu le peintre, même Sardine et Chiclete étaient là. Les copains quoi, un peu comme sur la Place. Le pasteur a raconté un bobard comme quoi je voulais quitter le morne de la Veuve pour retrouver MV Bill. Eunice n'y croyait pas et elle n'était pas la seule. J'étais le Doc et je ne serais jamais parti sans dire au revoir. En plus, il y avait bientôt le concert de MV Bill, c'était clair qu'il mentait. Maman est arrivée, radio-favela l'avait appelée. Elle s'est plantée devant lui et a attendu qu'il parle. Je pense qu'elle en avait marre de perdre ses mômes, alors elle a fait quelque chose d'incroyable. Elle a pris le flingue de Chiclete et l'a collé sur la tête du pasteur en lui disant que c'était le moment de prier. Sardine

m'a dit qu'on devait avoir un truc dans la famille, un don pour buter les gens de façon zen.
Il trouvait ça très classe, comme si on avait un
style pour exécuter. Sauf que maman n'a tué
personne parce que le pasteur a fini par avouer.
Les copains étaient tellement choqués qu'ils
sont restés cons et qu'ils n'ont pas réagi tout de
suite. Le pasteur en a profité pour s'enfuir mais
Sardine et Chiclete l'ont rattrapé, ils étaient
super fiers. Le Philosophe s'est pointé pour
mettre de l'ordre, personne ne l'avait jamais vu
dans un état pareil. Mandarine, son bras droit,
est allé chez le gros à la verrue. Sa femme hurlait et Mandarine l'a fait taire d'une balle dans
le cœur. Le gros à la verrue est arrivé en chan-
tant, bourré, le tee-shirt encore plein de mon
sang. Sa verrue s'est mise à trembler quand il a
vu sa femme par terre et Mandarine sur son
sofa. Il a à peine eu le temps de comprendre
qu'il retrouvait sa femme au paradis. Mandarine
a rejoint le Philosophe au mur à exécutions
pour une petite mise en scène. Le Philosophe
avait décidé de montrer l'exemple et de laisser le pasteur en pénitence deux jours avant
de l'envoyer chez le diable. À genoux contre le
mur, il était encerclé de bougies à l'effigie de
l'Église Universelle du Royaume de Dieu, cette

foutue colombe avec le cœur. Au moindre relâchement, le pasteur se consumerait comme les saints sur le bûcher. Raide contre le mur, il demandait grâce. Les habitants du morne affluaient, une vraie procession. Sauf qu'au lieu de louanges, il recevait une sacrée dose d'insultes.

Moi, j'étais dans le coma à ce moment-là, dans la décharge. Les rats s'éclataient sur mes blessures. Chiclete jure qu'il les a butés un à un sans me toucher. Je n'y crois pas trop mais c'était gentil quand même. Je me suis retrouvé au point de départ. À l'hôpital clandestin. Avec Eunice qui râlait sur mes plaies. Sauf que le matelas n'était pas pourri, je reconnaissais les visages et je n'avais plus la trouille. En plus, Pirate me tenait compagnie et il imitait Eunice et ses manies. J'étais bien, j'avais reçu une carte de Gringa que maman n'arrêtait pas de me relire. Le Philosophe m'avait envoyé des bouquins et un poster géant de MV Bill avec une dédicace pour « le Doc ». Je lui avais demandé une faveur. De buter moi-même le pasteur. Le Philosophe a refusé, ce n'était pas un boulot pour moi. Sardine et Chiclete le trouvaient dur sur ce coup-là, et je me demandais si Eunice n'y était pas pour quelque chose. Comme il savait que j'étais super déçu, le Philosophe m'a arrangé deux minutes dans la loge de MV Bill après le fameux concert, c'était le plus beau jour de ma vie. Même Eunice n'en revenait pas, je l'ai vue verser une larme. MV Bill a été tellement cool qu'il m'a demandé d'écrire sur ma vie dans le morne de la Veuve. Il en ferait une chanson. Mon cadeau d'anniversaire. Pour mes dix ans. On s'est serré la main et je lui ai juré que dans deux mois je saurais lire. C'était magique. Ses gars nous ont raccompagnés à la maison. Et là, devant la petite porte rouge, le corps de Renato nous attendait.

SÃO PAULO

Ivone querida,

Merci pour ta lettre, je l'ai reçue juste après l'en-
terrement. Pardonne-moi de ne répondre qu'aujour-
d'hui mais je suis si lasse. J'aurais dû écouter Sérgio
et ne jamais quitter la Place. Tout ce qui est arrivé
est de ma faute, il ne me reste plus qu'à accepter.

Sérgio s'est occupé de tout, aidé par Eunice, une
brave femme de Fortaleza qui nous a recueillis chez
elle. Les enfants ne semblent pas trop affectés, c'est ma
seule consolation. Mais Sérgio, lui, est méconnaissable
et ne pense qu'à venger son frère. Avec ses copains
Sardine et Chiclete, il a déclenché une série de règle-
ments de compte entre notre favela et celle d'Elias
Maluco, il est persuadé que ce bandit a tué Renato.
Ivone, si l'enfer existe, j'y suis déjà. Tous ces petits
cercueils qui défilent, ces mères en pleurs et cette peur.
Jamais nous n'aurions dû quitter la Place, jamais.

Dieu seul sait ce que l'avenir nous réserve. Le Phi-
losophe juge préférable que nous quittions Rio, il ne

pense pas pouvoir protéger Sérgio longtemps et nous a trouvé un logement à São Paulo. Je ne sais pas ce qui nous attend là-bas mais ça ne peut pas être pire qu'ici. Demande à Padre Denilson de dire une messe pour mes petits, qu'il prie pour eux et pour nous aussi. S'il le faut, va voir Mama Lourdes, qu'elle éloigne le mauvais sort et qu'elle veille sur mon Sérgio. Si tu voyais comme il a grandi... Même sa Gringa ne le reconnaîtrait pas.

Ivone querida, j'espère que tu te portes bien et que Turco s'occupe de toi comme tu le mérites. Tu trouveras au dos de cette lettre mon adresse à São Paulo ainsi qu'un billet de dix reais pour la messe.

Bien à toi.

ANTONIA

Ivone tient la missive à deux mains pour la relire. Ses larmes coulent, l'encre dégouline sur ses doigts, l'écriture s'efface, les phrases en deviennent incompréhensibles. Elle a beau lisser la feuille, elle se replie sans cesse, comme si elle voulait se renfermer sur ses malheurs. Ivone emprisonne la lettre dans sa paume moite, la comprime puis la jette au loin. Elle revoit Antonia sur le quai, entourée de ses enfants, rayonnante à l'idée de quitter Salvador. Ce jour-là Ivone l'a enviée. Mais aujourd'hui elle l'exaspère. Personne ne l'empêchera de partir. Maintenant qu'elle est si proche du départ, elle ne se laissera pas attendrir. Ni par cette lettre, ni par Turco et encore moins par sa mère.

Ivone pose un œil froid sur ce qui, jadis, lui paraissait être le paradis. Un banal café, quelques maisons retapées, une basilique trop riche, une église bleu du ciel. La Place ne l'émeut plus. Avant de la quitter, elle fera dire une messe pour Antonia et tous s'y rendront. De gré ou de force, Ivone y veillera. Quant à Mama Lourdes, la sorcière ne fera rien sans argent, il faudra organiser une collecte ou lui trouver une caisse de cachaça. Elle avisera. Plus tard. Là, elle n'a pas beaucoup de temps, elle n'est pas autorisée à quitter son poste sans l'assentiment du chanoine. Ces permissions à quémander sont aussi pénibles que le lourd silence de ce couvent sans âge. Il faut partir. Loin, très loin, et cette fois personne ne l'en empêchera. Elle a déjà perdu assez de temps entre mites et naphtaline, elle mérite mieux. Si ce n'était pour son Pipoca, elle aurait plié bagage il y a longtemps déjà. Ivone sourit, le voilà qui arrive. Il la rejoint de sa démarche dodelinante, le corps fourbu, vieilli. Elle a un pincement au cœur, soudain, son courage l'abandonne, elle ne sait pas comment lui annoncer sa décision. Bras dessus, bras dessous, ils entrent dans l'église de Padre Denilson. La statue de Nossa Senhora da Aparecida les accueille. Ivone lui trouve le regard dur, intransigeant. Les paroles de Maria Aparecida lui reviennent : « Loin de la Place, tu ne vaux rien, tu es trop belle et c'est malchance. » Ivone lâche la main de Pipoca, les bougies colorées l'aveuglent, les murs de l'église tanguent, la chaleur lui monte à la tête. Elle étouffe. Il faut s'en aller. Maintenant. Tout de suite. Cette foutue Place l'insupporte. Assez. Il ne lui arrivera rien. Demain, elle partira.

Le car est plein à craquer, sa carcasse usée gémit. Mangues, papayes, bananes, feijoẽs et tapioca pèsent dans ce petit ventre de ferraille. Les litres de cachaça se balancent langoureusement dans leurs belles robes transparentes. Les uns entrent, les autres sortent. Un enfant braille, l'indulgence est générale. Derniers baisers passionnés, ultimes recommandations, larmes pudiques. Un parfum suave flotte, mélange d'embruns, de coco et de mélancolie. Ivone observe d'un œil tendre cette agitation. Pipoca, Gringa et les autres l'ont accompagnée mais elle a préféré qu'ils s'en aillent. Il reste encore une dizaine de places, le car ne partira que complet. Dehors, un couple et une famille paient leurs billets. Le compte y est, l'heure du départ approche. Ivone a hâte même si les mots d'Antonia restent gravés dans sa mémoire : « Je n'aurais jamais dû quitter la Place, jamais. » Désespoir d'une mère en deuil. Cela ne la concerne pas, Ivone chasse ses sombres pensées et entonne une chanson de Gal Costa. Elle attrape son sac fleuri, fouille, range, tâtonne puis relève la tête. Deux prunelles tristes, lourdes de reproches la toisent. Elle redevient alors cette enfant timide et maladroite qui jamais n'a su satisfaire ce regard intraitable. Raide dans sa robe du dimanche aux plis impeccables, les cheveux tirés en arrière en un chignon sévère, sa mère ne bouge pas. Elle ne lève pas la main, ne l'appelle pas. Ivone s'accroche désespérément au vieux siège de cuir, ses mains collent sur les poignées, une sueur glacée coule entre ses omoplates. Tout d'un coup, elle se sent laide, elle a honte de sa jupe trop courte, de son rouge à lèvres trop rose. Dans ces yeux-là, Ivone n'a été qu'une petite fille indigne. Sa plus grande déception. Sa mère la toise une dernière fois et d'un pas lent s'éloigne. Elle ne se retourne pas. Le moteur toussote. D'une voix joviale, le chauffeur donne le signal du départ. Des passagers sifflotent. Ivone regagne sa place, plus résolue que jamais à quitter Salvador. Elle se fraie un chemin entre paniers, tambours et derniers retardataires. Elle a dû se battre pour cette place au fond, près de la fenêtre. À côté, une souriante matrone qui sent l'oignon et le savon bon marché. Difficile de ne pas se laisser envahir par sa gaieté et ses kilos en trop. Il faut jouer des coudes, lancer un regard de temps en temps. Ivone n'a pas envie d'engager la conversation. Non, elle aimerait plutôt se jeter contre l'énorme poitrine de sa voisine et oublier la sécheresse des bras de sa mère. Mais les relents d'oignon l'en dissuadent. En un soubresaut, le car démarre enfin.

Des yeux d'un bleu profond la fixent à travers le miroir. Olímpia interroge son reflet. Est-ce une illusion ou son miroir qui la trahit ? Les iris bleus se rapprochent de la glace, la scrutent. La paresse a envahi sa chair, effacé ses traits délicats, remodelé son visage. Bientôt une autre prendra sa place, une jeune plus fraîche. Un nouveau lifting ? Olímpia tire ses tempes vers ses oreilles, la chirurgie n'y changera rien. Tant pis. Elle est fatiguée de cette vie, de cette célébrité stérile. Feindre, jouer l'amabilité, simuler, autant d'artifices pesants. Pas une journée sans flashs, sans interviews idiotes, sans ragots inutiles. Puis les fans. Leurs mains moites, leurs sourires béats, cette admiration possessive. Pour eux, Olímpia n'existe pas, ils ont aimé ou haï Flavia, Gisele, Ana et les autres. Autant de personnages qui ne lui ressemblent pas et qu'elle a prétendu être. Pour son public. Alors, pour lui seul, elle accepte une dernière fois cette comédie. D'une voix sûre, elle invite Glória, sa maquilleuse, à entrer dans la loge.

Adieu, Bahia, adieu, Salvador ! Les plages défilent, interminables. Ivone rend un dernier hommage à Iemanjá, déesse adorée. Là-bas, à São Paulo, plus de mer. Elle serre son grand sac rose contre sa poitrine comme une armure. Dedans, de quoi survivre, de quoi fuir ces yeux dépités qui ne la quittent toujours pas. Des années de sacrifice pour changer de vie. Des milliers de tickets vendus dans ce couvent aussi sombre qu'un tombeau. Elle n'en pouvait plus de cette vie mécanique, des tickets qu'on arrache puis qu'on tend. Du mardi au dimanche, huit heures par jour. Le bruit sec du ticket contre un real sale. Balayés tous ces touristes insipides, balayées leurs propositions glauques, leurs promesses de pacotille. Elle ne regrettera que Pipoca, son petit gros solitaire, le vieux de son cœur. Heureusement, Gringa veillera sur lui, elle a promis. Ivone ne veut pas penser à Turco, elle ravale ses larmes. Après tout, là-bas, à São

Paulo, Sérgio et Antonia l'attendent. Ivone s'occupera d'elle et des petits. Elle a hâte de revoir Sérgio, a-t-il tellement changé ? La mama lui jette des regards à la dérobée, elle meurt d'envie de causer. Ivone colle son nez à la fenêtre. Tout ira bien.

Ce soir, la scène finale, ce sera son adieu, son ultime novela. Fidèle compagne de ses débuts, Glória entre et installe son matériel. Une dizaine de flacons, crèmes et fards prennent possession de sa coiffeuse avant d'envahir sa peau. Consciencieusement, Glória dissimule, estompe, camoufle rides, cernes et taches. Ses doigts redessinent avec soin les contours d'un visage alourdi par l'amertume, un visage qu'elle a jadis connu jeune. Olímpia la regarde faire, ses gestes sont rapides et sûrs, presque tendres. Elle pose une main sur son bras, l'arrête. Doucement, elle ôte son bandeau et libère sa longue chevelure blonde. Près de la brosse, des ciseaux à ongles. Olímpia s'en empare, elle n'hésite pas. Exit cette coiffure laquée, sans le moindre faux pli, mille fois copiée. Une à une, les mèches tombent, elles s'éparpillent sur la moquette sombre. Les ciseaux ne s'arrêtent plus. Des petits tas dorés se répandent dans la loge.

Un machiniste frappe à la porte. Le metteur en scène l'attend sur le plateau.

Ivone a promis d'écrire. Le Padre s'est porté volontaire pour apprendre à Pipoca des rudiments de lecture. Il devra se rendre à l'église tous les jours pour les leçons mais sa petite lui manque tellement qu'il veut bien accepter cet immense sacrifice. Il soupire, la Place change et se vide. D'abord Maria Aparecida, Sérgio, puis maintenant Ivone. À quand le prochain départ ? Maria Aparecida avait ses défauts mais elle savait rassembler les siens, la Place vivait autour de sa reine. Aujourd'hui, même Rubi et Safir ont perdu leur bonne humeur. Pipoca cherche Gringa, ils doivent prendre les choses en main, redonner à la Place sa vigueur d'antan. Il fixe l'horloge de la basilique, les deux aiguilles forment une ligne verticale, il est probablement six heures. Le car a quitté Salvador emportant Ivone vers une autre vie. Le cœur lourd, il se dirige vers l'église de Padre Denilson. Assise sur les marches, Gringa fredonne. Elle sourit et lui tend un paquet, un cadeau d'Ivone. Tout heureux, Pipoca déchire nerveusement l'emballage, il s'emmêle entre scotch et ruban, vite, il veut voir. Penaud, il tourne et retourne son cadeau entre ses mains dodues. Un cahier et des crayons...

Les pieds ont tous leur histoire, senhor Carlos. Je vous assure ! Vous ne vous rendez pas compte de ce que révèlent les gens avec leurs pompes. Bon, c'est vrai qu'il faut avoir l'œil et l'habitude. Mais ça s'apprend, tout ça. Moi, Vava, il m'a fallu deux bonnes années avant de bien comprendre. Ça fait maintenant trente ans que je cire des pompes et j'en suis venu à la conclusion que c'est un métier noble. Oui, noble, n.o.b.l.e., senhor Carlos. Laissez-moi vous expliquer. Je donne une touche finale au look du client, je l'embellis en quelque sorte. Il m'arrive même de donner des conseils. Sur le type de chaussures, les couleurs, la forme. Voyez ce que je veux dire ? Je suis trop bavard aujourd'hui ? Pardonnez-moi, senhor Carlos, c'est pas dans mes habitudes, vous le savez bien. Depuis le temps qu'on se connaît. Ce sera gratis pour cette fois. Comment ça, vous n'acceptez pas ? Allez, à la prochaine et mes salutations à dona Denise.

Cahin-caha, le car entre dans les terres, loin de Iemanjá les choses paraissent plus hostiles.

La voisine s'est pelotonnée contre son chemisier, la tête bien calée sur son épaule, Ivone a beau la pousser, elle revient et dort comme un bébé, ses mains boursouflées sur son ventre. La pauvre, allez... Ivone pense à Turco, à ses yeux, à son corps sur le sien. Un gosse devant vient de péter, c'est l'asphyxie. Honteux, il se cache dans les jupes de sa mère, Ivone lui tend un bonbon et lui caresse gentiment les cheveux. L'enfant lui sourit timidement. Au dernier rang, une femme pleure, Ivone ressent sa détresse mais elle refuse de s'en approcher. Heureusement elle a sa trousse de secours contre les idées noires. Rouge à lèvres, fond de teint, mascara, parfum, peigne. Un petit coup d'œil au miroir, ses cheveux sont déjà en pleine rébellion, des mèches folles s'échappent ici et là. Elle aurait dû s'offrir une séance chez le coiffeur avant de partir, de belles tresses bien serrées avec plein de perles de couleur. Des petites perles rieuses qui danseraient au rythme de ses pas. Là, avec ses cheveux crépus, elle n'a l'air de rien. La matrone change de position, se blottit contre son sein. De ses longs doigts, Ivone la pousse et pince la chair molle. Ça fait du bien...

Pauvre senhor Carlos, avec mes fofocas, j'ai fait fuir mon client préféré, un homme si important, le grand producteur de novelas. Je ne sais pas ce qui m'a pris de bavarder comme ça. Ahhh... On vieillit. Pauvre Vava. Vava, c'est moi. C'est un client qui m'a appris les bonnes manières. Tu vois, Vava, qu'il me disait toujours le bourgeois, quand tu ne connais pas quelqu'un, tu te présentes et tu lui tends la main. Je ne peux pas, avec mes mains pleines de cirage, ça craint non ? Bref, le bourgeois est mort et moi, par respect, je fais comme il voulait, sauf que je dis Vava. Même ma femme ne sait pas qu'on m'a baptisé Valdemir. Enfin encore des fofocas. C'est pas professionnel tout ça. Faudrait que je trouve un assistant. J'arrive plus tout seul, le travail à l'ancienne, les produits faits maison, la discrétion, tout le monde veut Vava. Mais Vava, il vieillit et son dos avec. À force d'être penché sur les pieds des autres, je ne me relèverai plus.

Quel con, ce Vava, le voilà encore qui parle tout seul. Commence à disjoncter le vieux. Et fier en plus ! Avec son gel et son parfum ringard, il empeste à trois kilomètres. Et ce tablier ! Vous avez déjà vu un truc pareil ? Tout collé, moulant à souhait. N'importe quoi ! Il n'arrête pas de me tourner autour et de critiquer mes pompes. « Sérgio, tes tongs vont te déformer les pieds. » « Sérgio, dans dix ans tu ne pourras plus mettre une paire de pompes décentes. Pas même des Nike. » Timbré, le Vava. Ce qu'il ne sait pas, le vieux, c'est que des belles pompes, j'en ai un paquet à la maison mais je ne les mets jamais au travail. Pas très crédible un gamin qui vend du maïs avec des pompes à deux cents reais. Ça éveille les soupçons et comme j'ai déménagé à São Paulo il y a six mois à peine, je me la joue discret, je fous mes tongs, prends un air misérable et attends que les gens achètent mon maïs. Ça, c'est ma vitrine, j'ai une tronche à vendre du maïs ? Mon étal, c'est la planque idéale pour la came. Bien au fond, je cache mes petites pilules du bonheur, ma poudre blanche, mes boulettes. C'est super organisé là-dedans. J'ai deux sortes de maïs. Tu choisis la formule simple ou la « spéciale ». J'ai inventé un truc trop cool. Tu vois le côté gauche de l'épi ? Avec mon canif, je découpe la partie supérieure puis je fais un gros trou. Comme le maïs est bouilli, la chair est molle et c'est fastoche. Ensuite je fous mes petits sachets plastiques et je referme. Pigé ? Génial, non ? En cas de descente, rien.

116

Ni vu ni connu. Tu me diras, les flics, tu leur graisses un peu la patte et ils te foutent la paix. Mais bon, y en a qui le prennent mal, un gosse qui gagne plus qu'eux... Ouais, je te reconnais un camé à cent mètres, je peux même te dire à quoi il se shoote. C'est pas par hasard si je suis ici. Ma place, face à la Globo, elle vaut de l'or. Les junkies de la télé, je les connais tous, les jeunes débutants, les vieux beaux et les pétasses. Des années que ma mère et mes sœurs me bassinent avec leurs histoires. Les pauvres, si elles savaient... Je pourrais en ramener des autographes... Fallait les voir débarquer dans la favela, les idoles, avec leur bagnole super blindée, armés jusqu'aux dents. Paniquez pas, mes accros, Sérgio est là maintenant. Plus besoin de se déplacer. Came service 24/24. Bénéfices garantis.

Personne. Le studio est désert, une ampoule grésille. Pieds nus, Olímpia caresse le sol de cette scène dont elle connaît les moindres recoins, elle s'est nourrie de sa chaleur plus que de toutes ces étreintes vite oubliées. Ses yeux fouillent l'obscurité, devinent caméras, spots, câbles, fidèles compagnons qu'elle a mis si longtemps à maîtriser et que bientôt elle trahira. Olímpia se souvient de son premier bout d'essai, de cètte caméra froide et impitoyable, de l'œil rouge qui clignote, imperturbable. Elle n'a pas oublié ses balbutiements, les moqueries de la star du moment, l'indulgence des techniciens. La gloire est vite arrivée, il lui fallait plus, le rôle décisif. Le cinéma a toujours dédaigné les parvenus de la télé, alors vient l'habitude, le pilotage automatique, le travail pour les cachets. Commence le jeu des surenchères, les caprices et l'ennui. Olímpia jette un dernier regard et ferme la porte. À clé.

Pause pipi. Ivone grelotte sous la pluie pour utiliser les toilettes douteuses de la station-service. Des routards désœuvrés n'arrêtent pas de la mater. Elle aurait dû mettre une tenue plus adéquate que cette jupe à volants et, surtout, prendre l'avion. Malheureusement l'avion, c'est cher et l'avion, ça lui fait peur, alors mieux vaut arrêter de se plaindre et rester zen. Bientôt ce ne sera plus qu'un mauvais souvenir. Dans le miroir face aux lavabos grisâtres, la lumière lui renvoie une image terne et fatiguée. Pour une fois, elle s'en fiche, elle a amplement le temps de se pomponner avant son arrivée à São Paulo. En salle, une vieille télé diffuse la novela de sept heures. Ivone reconnaît la voix de son acteur préféré. Aujourd'hui, il doit rompre ses fiançailles avec la fille du riche propriétaire terrien. Le restaurant entier retient son souffle, Ivone aussi. Loin de la Place, elle retrouve une parcelle de son univers. Elle a faim et ne veut pas rater les dernières minutes de la novela. Elle commande un pasteis à la viande et deux au poulet. Même ici, elle ressent cette angoisse qui la saisit avant chaque fin d'épisode, elle dévore son troisième pasteis. Le générique défile, Ivone fredonne le refrain, elle n'est pas la seule, deux voisines entonnent le couplet, l'œil humide. Le brouhaha reprend. Elle essuie ses doigts pleins d'huile et sort les derniers numéros de *Quem* et *Caras*[1], petit tour d'horizon avant de dormir. Comme ça la nuit, dans le bus, elle pourra rêver.

Depuis qu'Ivone l'a abandonné, Pipoca s'est pris de passion pour les novelas, ça lui permet de se sentir plus proche de sa petite. Il n'a pas encore compris toutes les intrigues mais il est consciencieux, prend son temps, analyse, compare. Bientôt il choisira sa novela préférée, celle

1. Magazines people brésiliens.

dont il ne manquera aucun épisode. Pipoca travaille avec méthode, il regarde celles de sept heures, huit heures et neuf heures. Il jongle entre les chaînes, zappe, minute. La Place se moque gentiment. Son chez-lui, c'est la rue, alors, pour suivre tous ces feuilletons, Pipoca se rend tantôt chez le padre tantôt chez Nina. Il avoue préférer chez Nina car elle l'aide à se retrouver entre les amants, les maris trompés et les disputes. Le padre, lui, ne veut rien savoir. Pipoca peut disposer de sa télé, pas question qu'il assiste à de telles inepties ! Pipoca rit sous cape, même le padre s'est laissé piéger. Il ne l'avouera jamais mais il trouve toujours une excuse pour jeter un œil. Pipoca l'a attrapé avant-hier caché derrière la porte. Sacré padre...

D'immenses baies vitrées, des murs blancs, trois orchidées, quelques œuvres contemporaines. Olímpia rentre chez elle. Cette maison ne lui ressemble même pas. Son calme effrayant lui renvoie l'écho de fêtes peuplées d'envieux. Partout le silence. Une prison luxueuse à l'éclat trompeur. Olímpia ne se plaint pas, c'est elle qui a fixé les règles. Le répondeur indique trois nouveaux messages. Son agent, un vieil amant, une boutique chic. Résumé parfait de son existence.

Le car poursuit sa route, traverse les montagnes sans état d'âme. Sa voisine est descendue au dernier arrêt, sa chaleur lui manque. L'atmosphère change. La lumière se fait plus agressive, les collines moins rondes, l'air plus lourd. Le chauffeur conduit autrement, la tension se lit sur ses épaules. Il lui faut éviter les animaux égarés, un ou deux ivrognes, des conducteurs trop pressés. De nouveaux passagers montent, ils ont le visage fermé, l'air hagard, il est cinq heures du matin, la journée sera longue. Très longue. Chaque jour est un nouveau round qu'il faut gagner. Ivone se recroqueville un peu plus sur son siège. Dans quelques heures, elle sera à São Paulo.

« Caralho[1], ce truc de maïs, une idée de génie. » La « spéciale » a tellement cartonné que Sérgio a fini sa nuit en rupture de stock. Il en a profité pour augmenter les tarifs, les starlettes de la Globo n'ont aucune idée des prix et, quand elles sont en manque, elles raquent. Y en

1. Enculé.

a bien un ou deux qui ont râlé mais le poignard les a calmés direct. De neuf à une heure du mat, Sérgio a amassé un max de blé. Ici, pas de concurrence, on est dans un quartier nickel. Tout beau, tout propre. Le genre de coin où un jour il installera sa mère. Un bel appart avec piscine et tout... Comme ceux qu'ils mataient à Rio du haut de sa favela avec Renato et les copains. En attendant d'y arriver, va falloir aller au marché se ravitailler, il ne lui reste plus un épi. Sérgio palpe les billets. Puta ! Comme il aime ce bruit ! Il compte une dernière fois. Pas mal pour une première. De quoi s'offrir un beau cerf-volant. Les cerfs-volants, c'est sa nouvelle passion.

Six heures, Vava termine d'installer son matériel. Comme d'habitude, bien en face de la Globo. Des années avant d'être accepté dans ce coin. Au début, les gorilles le tiraient par la peau du cou et le jetaient deux rues plus loin, ils ne voulaient pas de clochards devant la chaîne. Ça faisait mauvais genre, qu'ils disaient. Ces souvenirs restent les plus humiliants de sa vie. Un clochard, lui ? Y a pas plus élégant que Vava. Toujours propre, la chemise amidonnée, le pantalon repassé. Sans parler du tablier. Coupé et cousu par sa femme. Un modèle unique, spécial Vava. Touche finale, un peu de brillantine. Alors, le traiter de clochard, ça non, il ne l'a pas supporté. C'est senhor Carlos, le grand producteur, qui l'a sauvé. Maintenant, plus personne n'ose le déranger. Six heures trente, les premiers employés se pointent. Pressés, encore un peu endormis, les cheveux humides, ils n'ont ni le temps ni les moyens de s'offrir ses services. Vava boit tranquillement son café. Ses habitués arrivent plus tard. Vava, c'est la Rolls-Royce du cirage de pompes. Discret, pas bavard, tout dans le geste. Rapide et efficace. Le mouflet d'à côté n'est pas encore là, il s'est installé avec son chariot il y a deux mois. Les gars de la Globo n'ont rien dit. Bizarre. Vava sait ce que ça signifie, mais il refuse d'admettre qu'avec sa bouille d'ange le gosse soit déjà un petit caïd.

Vodka on the rocks. La cinquième. Olímpia avale une gorgée, lève son verre. Tchin-tchin, ma chérie. Des photos d'elle à l'infini. Le long du couloir, dans les chambres, au salon. Olímpia rend hommage à toutes ces inconnues qui la narguent, elle trinque à leur santé, à la sienne, qu'importe. Sur le piano à queue, sa photo préférée, un portrait démesurément agrandi. Olímpia rabat violemment le cadre en argent et étale

sur le sol des coupures de presse, articles dithy-
rambiques d'une autre époque. Tu parles. Un
journaliste qui la voulait. Les mauvais articles,
elle ne les a jamais lus. Inutile, ils ne lui appre-
naient rien qu'elle ne savait déjà. Elle entre
dans le dressing. Des habits en quantité, rangés
par couleurs, matières et saisons. Une distance
égale entre chaque vêtement, calculée au centimètre près. Ses yeux se perdent entre les por-
tants, elle pose la main sur une étagère, elle a
besoin d'équilibre. Toutes ces robes, ce strass,
ces plumes. Des couleurs criardes, des décolle-
tés vertigineux, des talons agressifs. Olímpia
suffoque. Elle arrache les cintres, renverse pan-
talons, jupes et chemises. Elle déchire le satin,
tire sur les paillettes qui, insolemment, virevol-
tent puis s'éparpillent à ses pieds. Olímpia les
écrase, jette bustiers, pulls et débardeurs, ses
mains fouillent les tiroirs, orgie de dentelle et
de soie. Ses doigts s'accrochent au tissu cha-
toyant mais il s'échappe. Un son aigu résonne,
la fait sursauter. Elle recule au fond du dressing, se dissimule derrière les fourrures, ferme
les yeux le cœur battant et... se moque. Le
répondeur ! Elle s'approche de la voix mécanique et bute contre un miroir baroque. La lune
éclaire son visage, il est gris, ravagé. D'un geste

124

haineux, elle lance son verre contre la glace. Il se brise. Olímpia aussi.

Pour la centième fois, Ivone feuillette son *Quem*, elle ne s'en lasse pas. Cette semaine, numéro spécial « Olímpia Wagner » avec une série d'articles sur sa star préférée. Les pages où elle juge Olímpia renversante sont écornées. Les deux qu'elle préfère sont à Campinas dans sa maison de campagne puis à Paris chez Dior. La vedette donne ses adresses secrètes ainsi que quelques conseils de beauté. Ivone lisse la couverture et la range précieusement dans son vieux sac rose, ce numéro ne la quittera pas, elle doit prendre exemple.

Quinze ans qu'il ressasse la même question. Comment a-t-il pu l'épouser ? Il ne finit pas de s'ennuyer. Olímpia. Carlos ne peut s'empêcher de penser à elle. Son parfum insaisissable, ses coups de tête, l'imprévu. Denise. Le dîner à sept heures, les dimanches au club avec la belle-famille, les vacances à Ilha Bela. Denise la banquière régit son monde avec poigne et brio. Tout ce temps perdu, privé d'elle, de ses seins, de sa bouche. Olímpia si libre. Dans cette maison sans bruit où règnent langueur et nonchalance. Il imagine des jours jamais semblables, sans enfants ni contraintes. Une vie sans Denise.

Pipoca plisse les yeux, il se concentre sur les aiguilles de l'horloge, sept heures et des poussières. Ivone devrait être arrivée. Une vision cauchemardesque surgit soudain, ces milliers d'immeubles géants, la violence et sa petite si fragile. Pipoca en est tout retourné. Depuis le départ d'Ivone, il suit le journal télévisé et aussi l'émission de ce type qui n'annonce que des catastrophes : meurtres, viols, kidnappings, trafics, fusillades. La moitié des drames se déroulent à São Paulo où un hélico sillonne la ville, traque le crime, filme arrestations, fuites et aveux. Du sang live pour les téléspectateurs, le « viagra » de l'audimat. Fasciné, il regarde, la peur au ventre, à n'en plus dormir la nuit. Le padre s'est fâché, ces horreurs, qu'il aille les voir ailleurs que dans son église. Nina non plus ne veut pas en entendre parler. Alors Pipoca tient compagnie à Teresa la dévote qui s'occupe du couvent désormais. Elle ne suivait que les programmes religieux mais elle a accepté de faire une entorse car la fin du monde approche et cette émission en est la preuve.

Le chauffeur annonce Vila Matilde, périphé-
rie pauliste. Favelas à perte de vue, circulation
dense, gamins débraillés se faufilant entre les
voitures les bras chargés de marchandises. Man-
darines, bananes séchées, chewing-gums, chips.
Appétissantes friandises imprégnées de gaz toxi-
ques vendues par des enfants qui toussent, des
enfants qu'on cherche à éviter. Honte, peur de
leurs visages sales, de leurs yeux shootés, de
leurs mains parfois armées qui n'hésitent pas à
tirer pour quelques pièces. Ils zigzaguent entre
les files, surfent entre les camions, les bus et les
motos. Ivone fouille dans son sac, saisit un
billet et tend une main à travers la fenêtre mais
trop tard. Le bus freine, avance, freine, les roues
crissent. Sa tête bouge d'avant en arrière, toujours le même beat. Boum, boum, boum, São
Paulo, me voilà.

Carlos veut la voir. Olímpia hésite. Ce soir,
elle ne sait pas. C'est un enfant drôle et capri-
cieux, un petit-bourgeois qui n'a de bohème
que ses chemises. Attachant mais amant mé-
diocre. Elle ramasse les morceaux de verre un à
un, les pose sur sa paume. Elle observe avec
attention chaque pièce, il lui faut reconstruire
le puzzle, le verre doit retrouver sa place au bar,

parmi les siens. Un tesson la blesse, la peau se déchire, l'entaille est profonde. Le sang a des reflets noirs, il coule, les gouttes se fracassent sur la moquette immaculée. Olímpia fixe son doigt blessé. Vorace, elle le pose sur ses lèvres, le caresse, le suce goulûment puis mord la chair humide de salive et de sang. Elle veut plus, se punir, jouir. Le verre de vodka s'est brisé, le miroir, lui, reste intact. La lune éclaire de ses rayons la psyché maudite, la lumière est si crue qu'elle n'a pas la force de lever les yeux. Le face-à-face attendra. Pour l'heure, que Carlos se dépêche de la distraire.

Des quais à n'en plus finir, Florianópolis, Vitoria, Belo Horizonte, Rio de Janeiro, Buenos Aires, Natal, Montevideo. La gare routière de Tietê s'agite, les haut-parleurs annoncent de nouveaux départs. Les villes résonnent comme autant d'invitations vers des contrées inconnues. Ivone se laisse porter par la foule, une multitude de têtes convergent vers un même point, l'air libre. Bribes de conversations, accents exotiques, visages fermés, yeux perdus. Des gosses s'approchent, ils flairent la proie facile. Ivone leur lance un juron. Son cœur bat. Fort, très fort. Des pas pressés martèlent l'asphalte en une litanie étourdissante, elle vacille, se cramponne à son vieux sac rose, marche, marche, encore et encore. Enfin la rue, la lumière. Éclaircie éphémère. Des klaxons, des voitures partout, des gens brusques, un sale temps. La peur. Ivone est désormais seule face à cette ville gigantesque. Pipoca et la Place sont bien loin. Non, elle n'est pas seule, il y a Sérgio et sa mère, Antonia. Mais avant, un caprice, elle veut voir la Globo.

Une fusée de détresse déchire le bleu du ciel. Le signal du départ. Le temps presse. Sérgio serre avec précaution son paquet entre ses jambes, le matériel est fragile. Il brûle les feux, monte sur les trottoirs. Course contre la montre. Dans quelques minutes le championnat tant attendu. Vite, on accélère. Des sirènes, on ralentit. Sérgio peste, la sueur dégouline sur son front, les gouttes salées l'aveuglent. Il y est presque, ses cuisses sont tétanisées par l'effort. Le papier d'emballage gratte ses jambes nues, ses pieds glissent sur les pédales. Au loin, les clameurs de la foule. La mobylette tousse, fatiguée par ce marathon improvisé. Elle ralentit, la montée est trop abrupte. L'enfant hurle de colère, jette le vélomoteur et court vers le terrain vague où les concurrents se préparent. Il arrache le papier d'emballage, déroule le fil, vérifie la solidité des attaches. Il jette un œil vers les autres. Ses adversaires le narguent. Les parieurs s'impatientent. Le combat de cerfs-volants peut commencer.

Les lettres dansent encore sous ses yeux, une vraie sarabande. Pipoca est épuisé, il a enfin réussi à réciter son alphabet d'une traite. Le padre, d'ordinaire si aimable, l'effraie. À la moindre inattention, il se transforme en un tyran sans pitié. Encore un peu et il lui tapait sur les doigts avec sa règle. Pipoca a bien mérité la suite de la novela, Padre Denilson regarde celle de huit heures avec lui. Il prétend que ça l'inspire pour ses sermons et que bientôt Ivone apparaîtra.

Carlos ronfle bruyamment à ses côtés, les paupières mi-closes, immondes globes striés de vaisseaux rouges. Sur son sexe, les veines sont bleues et violettes. Quand il la prend, elles grandissent, s'épaississent, la happent, s'abreuvent de son être à en éclater. Qu'il s'en aille. Personne ne comblera jamais ce lit, aucun homme ne réchauffera jamais ces draps rigides, trop blancs, pareils au linceul. Olímpia jette son coussin et se réfugie dans le jardin. Une fois de plus, la lune est au rendez-vous, son reflet inonde la piscine et illumine le dessin de mosaïques bleues. Là, au fond de l'eau, gît son corps noyé.

Réveille-toi, t'es à São Paulo. Adieu, bons sentiments et autres niaiseries du genre. Ivone tente d'arrêter un passant. On la pousse, elle gêne le passage. Ici pas de temps à perdre avec les touristes, qu'elle se débrouille seule, la Bahianaise. Sais-tu combien de filles débarquent chaque jour du Nord, ivres d'espoir ? Va au parc Anhembi, cours voir tes sœurs, elles sont juste bonnes à faire le tapin. Ivone ne croit pas ces mensonges, elle presse le pas. Il pleut, des sirènes retentissent, agressives et menaçantes. Elle traverse la chaussée et se plante face à une vieille dame. La Globo ? Mon Dieu, c'est au bout du monde, ma fille, tu prends la ligne bleue et tu descends à la station Sé. Le métro, ma fille, le métro. Viens, je t'emmène jusqu'au quai. Après tu marches et tu te renseignes, ma mignonne.

Sérgio se concentre comme jamais. Il lui reste un adversaire à éliminer. Un type plus âgé et plus fort. La ruse est sa seule chance. Une de ses ailes a été endommagée lors du précédent combat, le vent s'y engouffre, rendant le contrôle du cerf-volant plus difficile. Il a les mains en sang à force de tirer sur le fil. La foule des parieurs s'excite, on le donne perdant. Son concurrent profite de ce moment d'inattention pour plonger sur lui, lui assenant des petits coups répétés. Il tente de trouer l'autre aile. Enragé, Sérgio décide alors d'utiliser son arme secrète. Celle du dernier recours, sa potion magique. Un truc que son petit frère Renato lui avait appris là-bas, à Bahia, avant qu'ils ne partent pour Rio. Il doit gagner. Pour Renato. Il badigeonne discrètement son engin d'une mixture de verre pilé et de cire. Ce mélange redoutable devrait lui permettre de trancher le fil de l'adversaire. La technique manque d'élégance mais sur le terrain tous les coups sont permis. Sérgio sait que, de là-haut, Renato l'encourage. Il enroule la partie vierge d'enduit autour du bras. La hache volante est prête à taillader l'ennemi. Sérgio rassemble ses forces et se jette sur l'adversaire qui résiste bravement quelques minutes mais il s'acharne, attaque sans relâche. Sérgio veut sa victoire. L'enfant bande ses muscles et, de toutes ses forces, lance l'estocade finale. Le fil se déchire enfin, le cerf-volant tombe, corps inerte décapité. La foule l'acclame, on lui offre une bière, des félicitations. Sérgio lève les yeux vers le ciel. Cette victoire t'appartient, Renato. Il ne compte pas l'argent, il veut s'en aller, examiner son cerf-volant salement abîmé. Le terrain se vide brusquement, quelqu'un a appelé les flics. Sérgio récupère son étal et file vers le centre-ville, son cerf-volant serré contre lui.

Le métro. Son œil fouille les murs envahis de publicités. Elle les lit une par une, retient le nom des produits en vogue, elle veut tout savoir. Le wagon se vide à moitié. De nouveaux arrivants. Une voix rauque les salue, une guitare l'accompagne. Le musicien entonne une chanson, celle de son école de samba. Ivone n'y croit pas. Les passagers s'agitent, on tape du pied, on bouge les épaules, certains sifflotent. Elle peine à rester assise, bat la cadence contre le fauteuil, échange des sourires puis se lève pour esquisser quelques pas. Le sol brûle sous ses pieds, des gouttes de sueur perlent sur son front. Les voyageurs l'encouragent, certains applaudissent. Elle danse, fête son arrivée à São Paulo. Adieu, la Place et sa misère ! Le musicien accélère le rythme, le métro aussi. La buée se forme sur les fenêtres. Le wagon tremble.

Une autre fille la rejoint. Un homme desserre sa cravate et se plante face à elles. Le musicien tend sa casquette, les pièces tintent. Ivone essuie la buée de la vitre et pousse un cri. Sa station. Elle embrasse le musicien et court vers la Globo.

Trente ans de métier et le voilà qui mélange les couleurs, déjà deux boîtes de cirage foutues, quel gâchis ! Vava grogne dans sa barbe, il y a une queue à n'en plus finir et il est seul. Les clients râlent puis s'en vont. Toute cette agitation le déconcentre. À cent mètres, Sérgio ronfle, il l'a supplié de lui donner un coup de main mais le mouflet n'a rien voulu entendre. Vava ne sait plus où donner de la tête. Une fille s'approche, une métisse de Bahia avec un parfum d'écume. Elle le regarde travailler en silence, du soleil dans ses yeux verts. Qu'est-ce que vous voulez ? La Globo ? Mais c'est juste là, faut vraiment être aveugle ! C'est pas possible d'être aussi empotée ! La fille s'indigne puis traverse la rue. Vava se démène sur son client. Il regrette son accès de mauvaise humeur.

Olímpia n'est plus là. Carlos a eu l'impression désagréable de faire l'amour à une morte.

Ses bras las, son corps rigide. Il l'a trouvée étrange, fantomatique. Pas un soupir, juste ses ongles qui s'enfonçaient dans son dos, le lacéraient. Denise ne doit pas voir les traces. Il s'habille en vitesse, sept heures, dans cinq minutes le dîner et Denise en colère. Olímpia réapparaît, sa main blessée est en sang, il s'en inquiète, pour la forme. Sept heures cinq. Olímpia lui rappelle ses devoirs maritaux, sept heures sept. Les yeux flous de sa maîtresse l'effraient, Carlos ne la comprend plus. Elle l'accompagne à la porte et le regarde disparaître. Sept heures dix.

C'est le plus beau jour de sa vie. MV Bill salue son public pour la énième fois puis disparaît derrière la scène. La foule acclame le chanteur, les fans s'excitent davantage, ils scandent son nom, exigent un autre bis. Sérgio hurle, bondit, jette sa casquette en l'air. À côté, Eunice tape des mains, elle aussi n'en a pas eu assez. MV Bill se fait attendre mais les fans ne désespèrent pas, ils reprennent encore son dernier rap, de plus en plus fort. Eunice cache mal son impatience et donne le signal du départ. Sérgio lui assène son plus beau sourire mais elle fronce les sourcils, quelqu'un lui a tapé sur l'épaule. Elle se retourne pour corriger l'impor-

135

tun. Une armoire à glace talkie-walkie-oreillette les invite à le suivre, MV Bill les attend dans sa loge, une surprise du Philosophe. Sérgio se sent tout petit, il ne sait pas quoi dire à MV Bill. Tétanisé, il s'approche d'Eunice pour se blottir contre sa poitrine. Elle lui arrange sa chemise, essuie son front en sueur puis le pousse dans la loge. Sérgio revit chaque seconde. En tête à tête avec MV Bill, le chanteur lui parle, pose des questions mais il n'a d'yeux que pour ses tatouages, les anneaux dans ses oreilles et ses mains pleines de bagues. Il plane, c'est beau comme un rêve. Alors, vient le cauchemar. Le corps mutilé de Renato. Les cris de sa mère. Sérgio ouvre les yeux et plonge sa main dans son chariot à maïs. Il lui faut sa dose de médocs.

Jamais elle n'a vu quelque chose d'aussi grandiose, son image se reflète dans le carreau, minuscule, si ridicule qu'elle en rit ! La tour Globo est trop haute, alors elle recule pour l'admirer tout entière. Avec son vieux sac rose et ses revues graisseuses, Ivone a traversé la ville entière pour cette tour. Elle pointe son nez vers le sommet, là-haut à travers les nuages. Le sommet, elle l'atteindra... oui, bientôt, elle touchera le ciel d'un peu plus près... Deux hommes en costume sombre la surprennent et la jettent sans ménagements vers l'autre côté du trottoir, juste devant Vava. Cette fois, elle ne se laissera pas faire, elle en a assez de ces Paulistas arrogants qui se croient tout permis. Ivone hurle, les insulte, se démène. Les passants s'arrêtent. Les gardes sont embarrassés, ils la laissent tomber. D'un bond, elle se relève, lisse sa chemise et, avec une hargne qu'elle ne se connaissait pas, leur balance un dernier chapelet d'injures.

Denise signe le reçu de son American Express Centurion et claque des doigts. Le chauffeur s'empresse d'emporter les paquets. Vendeuses serviles, regards envieux. Cette razzia a été un moment de pur bonheur. Elle pousse de sa main boudinée la porte blindée du magasin et envoie une claque au petit vendeur de journaux. Ces pauvres l'exaspèrent. Elle a appris hier l'idylle de son mari avec Olímpia Wagner. Cette fois-ci, l'adversaire est coriace, Olímpia Wagner, l'impératrice du petit écran, celle qu'elle suivait anxieusement chaque soir avec ses enfants. Denise devra batailler en finesse, son Carlos restera au bercail, la famille passe avant tout. Sans compter le club. De quoi aurait-elle l'air ? Denise ne sera pas la nouvelle proie de ce jeu auquel elle a souvent participé, le dépeçage. Jusqu'à présent, elle a toléré les petits écarts de son mari, vingt ans de mariage sans nuage ont un prix. Résultat, trois enfants absolument divins. Une maison superbe dans le quartier le plus chic. Une fazenda, une villa à Ilha Bela et les voyages à l'étranger. Olímpia Wagner. Jamais. Carlos l'irrite, il aurait pu trouver plus discret. Toute la Globo doit glousser. Bientôt la presse locale et les paparazzis, son nom traîné dans la boue, sa présence au club compromise ? La déchéance. Carlos est le père de ses enfants, il lui doit le respect. Denise ne plaisante pas, il faut agir.

La novela s'achève, spots publicitaires suivis du journal de la Globo présenté par le couple mythique. Visages de circonstance, sourires au compte-gouttes, voici les héros de l'audimat. Pipoca éteint la télévision. Assez. Le journal national l'a déprimé. En plus de la misère brésilienne, voilà qu'il doit désormais s'encombrer de la détresse mondiale. À force de regarder ces feuilletons idiots, il se ramollit et s'émeut pour un rien. Il a un cafard monstre et la terrible impression de retomber en enfance : les devoirs pour la leçon du lendemain traînent sur son étal, inachevés. Pipoca rêve secrètement que Padre Denilson tombe malade et annule la classe. Une bonne grippe, rien de grave, trois jours au lit. Dieu du ciel ! Il a honte d'avoir pu penser une chose pareille. Une bonne portion de pop-corn au caramel devrait lui remonter le moral. De quoi prendre des forces pour son duel quotidien avec les lettres. Rien à faire, ces garces ont décidé de lui rendre la vie impossible. Il a beau se concentrer, elles refusent d'obéir. Une armée de mercenaires aguerris défile, juchés sur les lignes de son cahier. Quelle Berezina ! Pipoca pense à Ivone pour se consoler, sa beauté douce et intrépide. Nina le taquine, prétend qu'il est amoureux. Blasphème ! Pipoca aime Ivone comme un père sa fille. Alors, comme un père, l'inquiétude le ronge. Toujours pas de nouvelles. Il a passé un coup de fil à São Paulo à la voisine de Sérgio, la seule qui ait le téléphone dans la rue. Rien, personne n'a vu son Ivone.

Olímpia va et vient frénétiquement dans la maison, elle tire les rideaux, baisse les stores. Il lui faut se protéger, empêcher ces milliers d'yeux de pénétrer son intimité. Elle les sent traverser le brouillard, ils scintillent dans l'obscurité, lucioles curieuses, avides de happer le peu qui lui reste. Elle s'emmure dans sa forteresse de verre, allume toutes les lumières. Le lustre du salon étincelle, Olímpia lève le bras, tente d'attraper toutes ces sœurs jumelles emprisonnées dans les larmes de cristal. La blessure s'est rouverte, une goutte de sang se brise sur le sol. Elle court vers la cuisine, elle a soif. Là, elle oublie l'eau. Elle pose la tête sur l'énorme table en inox, se caresse, embrasse son reflet de métal. Grossier, informe, effrayant. Elle porte sa main à la bouche pour retenir son désespoir mais il se répand, fulgurant. Olímpia saisit un couteau. Un long couteau à viande à la lame acérée, aiguisé pour sillonner la chair la plus dure.

Ivone a les mains pleines de beurre, un goût de sel dans la bouche, des grains de maïs coincés entre les dents. Sérgio la regarde dévorer sa marchandise, ahuri. Il ne sait pas très bien s'il plane ou si la réalité le confronte à un passé qu'il aimerait oublier. Ivone est tout sourires, elle le cajole, parle du destin et des hasards de la vie. Sérgio l'écoute à peine, il doit se débarrasser d'elle au plus vite et ne pas la laisser s'installer chez eux. Elle n'arrête pas de l'embrasser, s'extasie sur sa taille, jacasse. Sa mère ne doit pas savoir qu'Ivone est à São Paulo. Sérgio ne la laissera pas mettre le nez dans son nouveau business. Sérgio ne se laissera pas envahir par les souvenirs.

Il attend que le garage s'ouvre, une porte blindée d'une épaisseur redoutable. Lentement, il sort de sa BMW, se fraie un chemin entre le tricycle, une poupée borgne et de vieux ballons crevés. Des éclats de voix lui parviennent, Denise réprimande d'un ton sans réplique leur fille. Carlos prend une grande respiration, il ne veut pas s'énerver tout de suite. Affublé d'une tenue ridicule, son majordome lui apporte un whisky, combien lui en faudra-t-il pour supporter le dîner ? Bruyamment, il pose son verre sur cette commode de bois précieux qu'il déteste et qui lui a coûté une fortune. Dans la salle à manger, les domestiques servent déjà les entrées. Il n'a pas la force de jouer la comédie familiale mais un regard de sa femme suffit à lui faire mettre le masque du père. Denise lui rappelle le programme de la soirée. Cocktail puis dîner mondain dans ce fameux restaurant au chef français. Elle pérore sur les invités, les rumeurs en ville, Carlos ne l'écoute plus depuis longtemps. Soudain, le silence. Les regards sont braqués vers lui, une réponse est attendue dans les plus brefs délais. Il ignore laquelle. Denise fronce les sourcils, les domestiques gloussent, les enfants reniflent. Carlos se lève, prend ses clés et déguerpit.

Pipoca traîne dans les ruelles du Pelourinho, Gabriela l'orpheline tapine au coin, Gringa se promène, la tête vers les étoiles, quelques ivrognes chantent leurs amours tristes. Padre Denilson lui a maintes fois proposé un endroit où dormir, il n'en veut pas. Au fond, il aime déambuler dans le silence de la nuit, la rudesse des bancs ne le dérange plus, son dos s'en est accommodé. Ses pas le conduisent près de la maison de Mama Lourdes. Des bougies éclairent le balcon, sa lourde silhouette se dessine à travers un rideau sale. Pipoca entend la voyante chanter d'étranges couplets en yoruba, il rebrousse vite chemin mais la voix rauque lui ordonne d'entrer. Hypnotisé, Pipoca obéit.

À genoux, face au miroir, Olímpia s'extasie. Une image de la Vierge. Un de ces portraits kitsch où la Madone pleure des larmes de sang, les mains en offrande. Olímpia lui ressemble. Comme elle, elle a ajusté un voile sur son ample chemise bleue. Comme elle, ses mains supplient. Comme elle, son visage crie la douleur. Le couteau a bien entaillé la chair, il a glissé sur sa peau tel le feu sur la cire. Olímpia se gratte, des croûtes se sont formées, elle ne parvient plus à sourire, la peau se craquelle. Ses yeux fous parcourent ses traits tuméfiés, elle plaque ses mains poisseuses contre le miroir. Son reflet se répète à l'infini, il ne l'effraie plus.

Ivone détourne la tête, Gringa serait si triste de voir ce qu'est devenu son protégé. Elle ramasse son vieux sac rose et attend que Sérgio termine avec son client. Il ne reste rien du petit vendeur de bonbons qui jadis officiait sur la Place. Le visage a perdu ses rondeurs, des cicatrices sont apparues çà et là, le regard s'est endurci, il ressemble désormais à tous les gosses des rues. S'il n'avait pas crié si fort dans son sommeil, Ivone ne l'aurait pas vu. Le cireur de chaussures lui a raconté qu'il s'appelait Sérgio et qu'il arrivait du Nord. Sérgio lui a servi son maïs comme à n'importe quelle autre cliente, sans la moindre émotion. Lorsqu'elle a tendu la main pour payer, il a refusé. Depuis, il n'a pas dit grand-chose et ne semble pas vouloir en savoir plus sur la Place et ses amis. Pas une question, pas même sur Gringa. Le client est parti, Sérgio lui annonce qu'il passera la soirée ici, le travail rapporte bien plus à la nuit tombée. Demain, il l'emmènera chez Antonia. En attendant, il lui a trouvé un endroit où dormir, chez Vava, le cireur de chaussures, il cherche une assistante. Ivone refuse catégoriquement. Sérgio ajoute que Vava a des pistons à la Globo, il pourrait la présenter à son ami senhor Carlos, un grand producteur. L'argument est de poids, elle accepte pour quelques jours, le temps de trouver autre chose. À la Globo de préférence.

Cette femme l'obsède, il est devenu sa marionnette. Denise fulmine, jamais Carlos ne l'a humiliée comme ce soir devant les domestiques et les enfants. Ses liaisons n'ont jamais menacé son mariage, là, il s'agit d'autre chose, Denise ne permettra pas qu'une autre le manipule, elle ne se laissera pas évincer à son âge. Un homme attend dans le salon, la personne idéale pour se débarrasser des amis encombrants. Un malencontreux accident pour une centaine de dollars. Olímpia lui coûtera certainement plus cher mais tant pis. Après tout, une femme sans mari n'est reçue nulle part, et ça, c'est le vrai drame. Combien de fois s'est-elle empoisonné la vie à

144

cause de ces divorcées... toujours très ennuyeux pour le placement à table. L'homme compte les billets une dernière fois. Denise tape du pied, qu'il aille faire ses comptes ailleurs que dans son salon. L'affaire sera réglée dans la semaine. Satisfaite, Denise compose pour la vingtième fois le numéro de Carlos. Une fois de plus, le répondeur s'enclenche. Elle pose lentement le combiné, son heure viendra.

Lumières blanches, ambiance métal, musique underground. Les serveuses moulées dans des tenues psychédéliques déambulent entre les tables. Sous le maquillage, un reste d'enfance. De jeunes loups de la finance étalent leur réussite, ils parlent fort, les portables sonnent, les millions se brassent. Quelques fashion-victims sirotent un Coca light, sourient peu, matent leurs congénères derrière leurs lunettes fumées. Des clones avant l'heure. Carlos s'amuse de ce spectacle. Il a vieilli, sa lassitude revient. Une nouvelle fois, il tente de joindre Olímpia mais en vain. Son portable vibre. Merde, sa femme. Denise va exiger des excuses, c'est au-dessus de ses forces. Bzzzzz, bzzzzz, nouvelles vibrations. Cette fois c'est Olímpia, sa voix est à peine audible, elle murmure des mots inintelligibles, lui demande pardon. Carlos a peur, il raccroche.

La cargaison est prête, les gorilles de la Globo ont récupéré leur enveloppe. Ces « permis de travail » coûtent cher mais Sérgio ne pourrait pas dealer tranquillement sans. Il n'y a que ce con de Vava pour refuser. Il lui a fourgué Ivone contre quelques heures de cirage de pompe, sa mère ne saura jamais que sa copine est à São Paulo. Une idée géniale lui traverse l'esprit, de quoi lui rapporter un max de blé. Mummm... il faudra mettre Ivone en confiance, l'amadouer, la flatter, lui faire présager un destin d'étoile du grand écran. Peut-être même lui refiler quelques pilules de couleur... Une beauté pareille... ses clients paieraient cher pour une nuit... Sérgio entend déjà le murmure des gros billets dans sa poche.

« La mort rôde », assène Mama Lourdes. Le mal, une trahison, des flammes. Sérgio... une femme... Ivone... la mort... Pipoca ramasse les coquillages et les jette à travers la pièce. Mensonges. Cette folle veut l'effrayer, elle s'amuse à ses dépens. Il ne l'a jamais crue, pourquoi devrait-il s'y mettre aujourd'hui ? Pipoca s'as-

146

perge d'eau glacée de la fontaine. Il faut se reprendre, il ne se reconnaît plus. D'abord les novelas et maintenant la boule de cristal. Tout ça, c'est la faute d'Ivone. Elle n'a pas eu d'état d'âme à le quitter, advienne que pourra !

Le chien errant passe mais ne s'arrête pas, le gros vendeur est dans un état bizarre, il parle seul, crie. Son odeur a changé, il n'embaume plus l'entêtante odeur de maïs sucré. Il sent la peur. Le chien errant fuit.

Le vieil homme se faufile dans la foule, joue des coudes, l'entraîne. Bientôt il ne restera que les marches pour s'asseoir. Ivone s'essouffle, heureusement un beau brun l'aide à monter dans le train. Accrochée à la rampe, elle voit les banlieues défiler. Des centaines d'immeubles identiques habillés de graffitis vengeurs. Des gosses jouent entre les rails, des fantômes se shootent alanguis sur les mauvaises herbes, des profils fatigués préparent à manger, parfois un coup de feu. L'indifférence. Le wagon surpeuplé empeste la sueur, les corps se frôlent, la chaleur est intenable. Ivone grimace de dégoût. Vava lui sourit gentiment, la lumière grise du wagon accentue la profondeur de ses rides. Au prochain arrêt, elle doit descendre, vite. Le train poursuivra sa route à travers la misère, crachant des milliers de travailleurs épuisés. Dans le bus, elle s'endort et ne se réveille qu'au terminus. Pas âme qui vive. Vava explique le couvre-feu, l'heure des livraisons approche. Les enfants sentinelles les autorisent à passer, l'ascension du morne est sans fin. Ivone s'appuie contre un muret pour souffler. Vava se moque et l'encourage. Ils poursuivent leur chemin, croisent d'autres ombres pressées, on se salue en vitesse. Ils s'arrêtent enfin devant une maison en terre. Une femme chante accompagnée par le tintement des casseroles. Dona Candida les accueille gaiement, elle ne pose pas de questions, ses doux yeux l'ont adoptée. Ivone pense à sa mère. Le repas est joyeux, on fait connaissance. Candida s'affaire, la vaisselle doit être terminée avant la novela. Les deux femmes s'affalent sur le sofa alors que le générique défile. Vava ronfle déjà.

Effondrée dans sa salle de bains, Olímpia joue sur les carreaux de faïence multicolores. Elle trempe sa houppette dans la poudre parfumée et s'en tartine le visage. Ça lui chatouille le nez. Elle rit, éternue puis reprend son jeu. La poudre avale le sang et lui tire la peau. Olímpia enfonce ses ongles dans les plaies, elle veut arracher les croûtes. Son corps tremble, elle a mal et aimerait dormir. Seule la morphine pourrait l'apaiser, mais où en trouver ? Carlos. Il ne répond pas. Sa maquilleuse. Plus là. Sa bonne, renvoyée. Ses amis ? Inexistants. Hier à la Globo, on lui a parlé d'un jeune dealer très efficace. Il lui faut son numéro.

Son portable sonne à nouveau. Merde, les junkies ne s'arrêtent jamais ? Sérgio raccroche et ouvre la porte sans bruit. Il ne veut surtout pas réveiller sa mère, elle ne dort presque plus depuis la mort de Renato. Le téléphone vibre dans sa poche. Sérgio entend une voix de femme, il ne comprend rien, s'énerve et coupe la communication. Pour la troisième fois, on l'appelle, la voix est plus claire et réclame de la morphine. Il n'a pas ça en magasin. La femme au bout du fil respire bruyamment. Sérgio flaire le coup foireux mais décide de prendre le risque contre quelques biftons bien saignants. La nana accepte son prix à condition d'avoir la came dans l'heure. Sérgio refuse, il a besoin de sommeil. Elle insiste, il ne cède pas. Demain matin. Cette nuit, il veut dormir, il avale ses médocs et s'endort, des dollars plein les yeux.

Le soleil matinal darde ses rayons délicats sur un corps massif endormi au pied de la basilique. Une vraie caresse. Les ronflements sonores de Pipoca dérangeant le petit déjeuner des touristes attablés non loin de là. César doit réagir, les clients sont mécontents, qu'ils se rassurent, on a prévenu Padre Denilson. Son ombre menaçante se profile, troublant le paisible repos du dormeur. Il maugrée quelques mots puis se retourne sur l'autre flanc, avide de retrouver la chaleur bienfaisante. Le Padre toussote patiemment, il veut réveiller son ami. Pipoca ne se laisse pas démonter pour si peu. Le flegme du Padre a ses limites, il court à l'église chercher sa clochette de communion et la fait résonner dans l'oreille du ronfleur. De sa main paresseuse, Pipoca chasse la source de bruit et donne par inadvertance un coup dans l'abdomen de l'inconnu. C'en est trop pour la même journée, la cuite, son retard pour la leçon, son cahier et ses crayons noyés dans la fontaine. Padre Denilson s'énerve rarement, mais là il perd son sang-froid et attrape le col de son élève. Pipoca se réveille instantanément, étourdi par ces gestes pleins de hargne. Qui peut bien lui en vouloir à ce point ? Le Padre a retrouvé son calme légendaire et avec un sourire empreint de bienveillance guide sa brebis égarée vers le droit chemin.

Carlos a écumé tous les bars de la ville. Du plus chic au plus sordide. Son haleine empeste l'alcool, il titube. Où aller ? Il monte péniblement dans la voiture et tamponne son front en sueur, la crise de foie arrive, il a besoin qu'on s'occupe de lui. Denise, Olímpia, une autre. Peu importe qui, pourvu qu'on l'aide. L'ivresse rend le parcours difficile, il ne reconnaît plus les rues, oublie de changer les vitesses. La voiture cale, des voyous reluquent son bolide, il fonce. Le paysage lui semble familier, le voilà devant chez lui. La porte du garage peine à s'ouvrir. Carlos reprend subitement ses esprits. Une fois cette épaisseur de béton franchie, il ne pourra plus en ressortir. Denise le retiendra dans ses filets maternels. Il fait marche arrière. Direction Olímpia.

Il lui faut sa morphine, la douleur s'acharne. Olímpia se terre sous les couvertures, dans cet abri de laine, elle se sent moins vulnérable. La chaleur la rassure, elle y flotte dans une douce folie. L'homme a dit d'attendre le matin, le jour est encore si loin. La lune s'infiltre à travers les stores, l'obscurité la terrifie, son manteau noir abrite des yeux qui l'épient, elle sent leur morsure sur sa peau. Ses mains ensanglantées s'agitent, tentent désespérément de chasser toutes ces lueurs. La porte sonne. Olímpia hurle.

Carlos sursaute. Ce cri est effrayant. Olímpia n'aurait jamais hurlé ainsi. Aurait-il interrompu un cambriolage ? Le cri d'horreur retentit à nouveau. Non, il s'agit d'un meurtre. Un horrible meurtre. Carlos doit filer et ne pas jouer au héros, il a des responsabilités. Un père de famille ne peut pas se mettre en danger. Sa montre indique cinq heures quinze. Denise doit l'attendre. Il rebrousse chemin, il a vraiment trop bu.

Merde, déjà sept heures ! Pas le temps de traîner. Va falloir trouver la morphine, chourer à l'hosto n'est pas dans ses habitudes mais ça ne doit pas être trop compliqué. Nono s'en occupera. De toute façon, mieux vaut filer avant le réveil de la mère. Ses questions muettes, cette manie d'attendre qu'il revienne chaque soir, c'est plus possible. Bon, Nono ira à l'hosto, il trouvera un pigeon pour la livraison chez la folle. Il préfère ne pas y aller lui-même, ça sent le coup foireux. Première mission, dénicher une poire pour la livraison. Deuxième mission, acheter trois kilos de maïs. Troisième... Puta merda ! Ça y est ! Il enverra Ivone. Histoire de lui donner le goût de l'argent facile. Vava va râler, il en fait son affaire. Ivone... quelle idée géniale...

Prendre une position humble, poser le pied bien droit, utiliser le cirage avec économie. Ivone répète pour la énième fois les trois principes de base d'un cireur d'élite. Le corps engourdi et les yeux mi-clos, elle peine à suivre les gestes lestes de Vava. La nuit a été trop courte, Candida l'a arrachée à ses rêves juste avant cinq heures. Jamais elle ne s'était levée aussi tôt, il a fallu se préparer en vitesse, entrer dans la folle danse des bus, trains et métros. Encore des têtes tristes, des bousculades, des odeurs nauséabondes... Autant rester sur la Place ! Là-bas au moins, Pipoca la dorlotait et la vie ne lui semblait pas si difficile... Vava a passé les deux heures de trajet à lui expliquer les rudiments du métier, la noblesse de sa mission. Elle doit vite trouver autre chose, sans quoi elle rentre par le premier car à Bahia. Les clients arrivent.

La mine sévère et concentrée, Vava s'installe sur son tabouret. Les ordres fusent : cirage, brosse, chiffon, crème. Ivone passe les instruments à son chef, il a le sérieux d'un chirurgien sur une table d'opération. Un chirurgien esthétique pour une intervention nouvelle tendance, le lifting des pieds, se dit Ivone. Vue ainsi, la chose semble nettement moins humiliante. Après tout, la journée commence bien. L'horloge de la Globo indique sept heures et vingt-trois minutes.

Les flammes de l'enfer grignotent sa chair tendre, les voix suppliantes des damnés du bagne éternel s'insinuent dans ses oreilles, cette bonne vieille culpabilité catholique réapparaît, perfide et malicieuse. Pipoca supplie, il n'en peut plus, c'est pas humain d'infliger une telle torture à un ami. Depuis une heure déjà le Padre lit avec ferveur des passages de la Bible en guise de punition. Tout ça pour une bonne cuite et un cahier perdu ! Diversion, il doit faire diversion avant l'infarctus. Et Ivone, des nouvelles ? La Bible claque, Padre Denilson se radoucit enfin, lui aussi s'inquiète. Mais puisqu'on parle d'Ivone, n'est-ce pas l'heure de réviser les leçons ? Une lettre ne devrait pas tarder et il serait de bon augure qu'il la déchiffre seul.

Pour la première fois, Pipoca réalise que le
Padre est aussi illuminé que les saints de son
église, il lève des yeux implorants vers la statue
de la Vierge afin qu'elle abrège son calvaire.

Nono tend la marchandise et lui sort son
baratin sur les risques du métier, les pots-de-
vin et tutti quanti. Il aimerait plus de fric.
Sérgio ne discute pas avec ce genre de gus, les
subalternes obéissent et ne réclament pas. Nono
la ferme, il n'a aucune envie de finir la journée
avec une balle dans la tête. Sa discussion terminée, Sérgio appelle la cliente, elle a l'air en
manque, il ne comprend rien à ce qu'elle raconte mais il finit par obtenir son adresse. Un
repérage s'impose avant la livraison. La piaule
est top classe dans un quartier pour blindés. Pas
d'armoires à glace à l'entrée. Des caméras partout. Plein de caméras, de quoi prendre ton em-
preinte digitale. Cette idiote d'Ivone a accepté
de livrer, si problème il y a, c'est elle qui sera
aux premières loges.

Ivone ne veut rien rater, elle colle ses mains
contre les vitres du taxi. La chaleur moite de sa
paume laisse une trace nette sur la fenêtre. La
circulation est difficile, des coups de klaxon

exaspérés fusent de toutes parts. Elle n'entend rien, elle ne voit que ces filles couchées sur les panneaux publicitaires des buildings. Chacune rivalise de sensualité. D'un building à l'autre, elles s'épient, se scrutent, se haïssent, se livrant une concurrence acharnée, aussi féroce que les marques qu'elles représentent. Trop vite, les immeubles démesurés cèdent la place à des kilomètres de murs. Le taxi joue au guide. Bienvenue à Bunkerland. Bienvenue à Morumbi, quartier chic de São Paulo. Il s'offusque de toute cette richesse, parle de forteresses de la peur, d'abris antimisère. Son bavardage la dérange. Ivone l'oublie, elle préfère s'imaginer entre ces jolis murs bien nets. Une piscine, un jardin, du temps pour ne rien faire. Un amant célèbre. Elle imagine le luxe dissimulé, les stars qui se cachent, leur besoin de protection. Elle gomme barbelés, caméras, gardes, chiens méchants. Le taxi s'arrête. Voilà, c'est dix reais. Ivone lui jette un billet et sort sans un regard. Ses yeux dévorent les grilles blanches, le lierre sur les murs, le toit en tuiles. Hypnotisée, elle appuie sur l'interphone. Personne ne répond, elle hésite et appuie à nouveau, enfonce son doigt sur la touche. Une voix lointaine marmonne. « Livraison », chante Ivone. Les grilles s'ouvrent.

156

Ils osent sonner à sa porte. Sûrement dehors à l'attendre. Elle a déjoué leurs pièges et n'a pas ouvert. Victoire. Et s'ils reviennent la tourmenter plus tard ? Olímpia danse sur le sang, elle macule la moquette blanche du salon, ses pieds s'amusent à dessiner des coquelicots. Il lui faut du noir. Les tableaux. Et si elle en arrachait une poignée de ces grandes toiles ? Non. Elle fouille des yeux la pièce vide. Le piano. Ses doigts avides parcourent les touches, les notes résonnent, glaciales. Leur écho l'étourdit. Aiguillon sonore. Elle racle la surface laquée du piano avec obstination. Il brille. Son éclat l'attire, elle plonge dans la profondeur abyssale de son reflet. Son oreille repose sur le caisson, les gémissements du bois la pénètrent, leurs vibrations entaillent sa chair. Un cri déchire le silence. L'interphone. Olímpia oublie toute prudence et ouvre.

Vingt ans de filatures et d'écoutes. Vingt ans à ravaler sa fierté et sa rage. Son visage se décompose alors qu'elle lui expose les faits bruts, sans fioritures, photos à l'appui. Pauvre Carlos, il a d'abord ri, nié puis crié. Maintenant il pleure, la tête sur son épaule. Denise savoure ce moment, une jubilation sans égale, à en frissonner de plaisir. Elle cajole doucement les cheveux de son mari. On les attend au club.

Emmuré, esclave. Voilà ce qu'il est devenu. Olímpia, sauve-moi. Carlos l'appelle, à la première sonnerie, il raccroche, les paroles de Denise résonnent dans la salle de bains de marbre blanc. Il revoit l'éclair triomphant de ses yeux qu'il exècre, son rictus. Olímpia, aide-moi. Il ne sait plus, une voix dans sa tête lui conseille d'oublier. Ses doigts grassouillets tripotent une nouvelle fois les touches du portable. Pas de réponse. Il ira chez elle, il lui doit des excuses. Et si Denise l'apprenait ? Carlos se déshabille et glisse sous le jet puissant de sa douche ultramoderne. En face, un miroir que jamais il n'a eu le courage d'affronter.

Un jardin, des fleurs fanées, une pelouse irréprochable. Un parfum d'herbe coupée. Ce luxe froid l'éblouit. Ivone suit le chemin de gravier, les cailloux glissent dans ses sandales et lui écorchent les pieds. La maison apparaît enfin. Majestueuse, tout en angles, une construction moderne aux immenses baies vitrées. Elle contourne la maison, son image se reflète à l'infini sur les portes-fenêtres. La chaleur de midi l'engourdit, le paquet de Sérgio colle entre ses doigts. Elle le pose sur la table du patio et s'approche de la porte-fenêtre en quête d'un peu de fraîcheur. La vitre est glacée. Ivone s'y adosse et ferme les yeux. Son corps se détend, il semble happé par la matière. Soudain un grincement, une plainte aiguë. Des ongles crissent sur le verre. Agonie sans fin. Ivone se retourne, haletante. Deux pupilles démesurées la fixent. Seule l'épaisseur de la vitre les sépare. Un claquement sourd. Comme une rupture. La baie vitrée s'est ouverte. Elles sont face à face.

Pipoca mâchouille son crayon-mine. Le Padre l'a enfermé dans la sacristie entre soutanes et vieux registres poussiéreux. Deux heures pour réviser son alphabet. Après les vêpres, une dictée, chaque faute lui coûtera une bière. Pipoca fixe le tableau noir d'un air angoissé. La garnison est là. Les lettres sont alignées en rangs serrés, leur raideur l'agace. Soudain une idée. Organiser une mutinerie, créer le désordre dans cette armée disciplinée. Il observe avec attention chacun des soldats et tente de repérer les éléments perturbateurs. Le plus agité semble le B, avec son ventre bedonnant et son omnipotence, le S se montre vite servile, trop prompt à collaborer. Le M hésite, versatile. Le F s'indigne, bouscule E, N, O, V, I pour prévenir le colonel. Pipoca se concentre sur son cahier, il note la liste des traîtres. Il a rallié onze soldats, dont le commandant T. Le désordre règne dans les troupes. Le colonel L les rappelle à l'ordre. Ils ont juré fidélité au Padre, une trahison risque de leur coûter un coup de chiffon fatal. Une discussion animée s'enclenche, les voyelles ne se prononcent pas. Cette minorité souvent malmenée prendra fait et cause pour les gagnants. La porte s'ouvre brusquement sur Padre Denilson. Garde à vous.

Ivone n'est pas rentrée de sa livraison suspecte, Sérgio a disparu et senhor Carlos n'est pas venu de la journée. Vava les a attendus en vain avant de prendre le dernier train pour sa favela. Candida le rassure, demain matin, tout le monde aura repris sa place. Vava ne la croit pas, il sent le malheur.

Couvert d'entailles, le cerf-volant agonise sur les mauvaises herbes du terrain vague. C'était son préféré. Le noir et blanc avec l'énorme tête de mort. Comme le drapeau des pirates. Pirate.

Pirate. Sérgio ferme les yeux. Non, il ne doit pas penser à Rio. Il ramasse son cerf-volant moribond et l'examine une dernière fois. Rien à faire, un gars de Buraco Quente[1] l'a réduit en miettes. C'est la règle du jeu. Il traverse lentement le champ de bataille. C'est l'heure de retrouver son étal et ses épis de maïs, mais avant il va se prendre une dose. Aujourd'hui, il s'en accorde une de plus pour les funérailles de son cerf-volant, celui que Renato avait fabriqué. Après il brûlera le cadavre de papier puis cuisinera la folle à la morphine. Ivone n'est jamais revenue. Dommage. Si elle s'est tirée avec le fric, il la tuera.

Du rouge. Du sang séché, du sang coagulé. Un visage ravagé, des cheveux brunis par les plaies. Anesthésiée par le spectacle, Ivone ne bouge pas. La femme avance. Elles ne se quittent pas des yeux. Ivone bredouille, parle du paquet et, de sa main, désigne la table. La femme réagit à peine. Elle répète, le paquet est là. Un éclair de compréhension passe dans son regard bleu. La femme contemple le paquet, dans ses yeux une déchirure. À travers la baie vitrée,

1. « Trou chaud », favela de São Paulo.

Ivone aperçoit le sol zébré de taches écarlates, les cadres brisés sur la moquette. Elle entre, un tesson de verre blesse son orteil, la douleur la surprend mais ne l'arrête pas. Il lui faut une serviette. Dans la salle de bains, un miroir fêlé, parsemé de nervures. Ivone sort dans le jardin. Aveuglée par le soleil, elle ne voit personne, seul un clapotis la guide. La femme est là, accroupie au bord de la piscine, fixant l'eau. Ivone s'approche, murmure des paroles de réconfort. Lentement, elle efface les lignes rouges de son visage, tamponne avec précaution la chair à vif. Peu à peu, les traits se devinent. Olímpia Wagner apparaît.

Une mendiante tape contre sa vitre. Une vieille édentée, d'une maigreur cadavérique, il aimerait l'écraser. Les voitures n'avancent pas, la vieille insiste. Son vide-poches regorge de pièces. Carlos les empoigne et les balance au loin à travers la chaussée encombrée, elles retombent entre pneus et châssis. La mendiante hausse les épaules et s'en va les ramasser. Le feu passe au vert, les voitures démarrent et la bousculent. Carlos observe à travers le rétroviseur sa danse endiablée. Satisfait, il poursuit son chemin. Un moment d'hésitation. Olímpia ou Vava ? Le

162

cireur de chaussures ne lui coûtera qu'un real ou deux. Olímpia est désormais un risque inabordable.

Vava sirote son café. Chaque matin, il en boit deux ou trois. Sa femme le lui prépare à l'aube, bien fort et très sucré. Sans ces cafés et sa tendresse, il ne survivrait pas. Chaque jour, il part au front sans certitude de retour. On peut prendre une balle perdue, se faire buter pour quelques sous ou racketter par la police. Ça, c'est le plus grave. Sinon les braquages, le matériel qui disparaît, les prix qui augmentent, et cette putain de violence. Cette angoisse de partir au boulot, de sentir le parfum de sa femme peut-être pour la dernière fois. Vava ne s'y habitue pas. Alors, le matin, il lui faut ses munitions de cafés-câlins, sans quoi il ne sortirait plus. Il peigne ses cheveux, embrasse Candida et s'en va. Train, métro, bus puis le matos à récupérer. La journée n'a pas commencé qu'il est déjà crevé. Encore un café. Faut tenir. Vava s'assoit sur son tabouret et attend. Sérgio n'est pas là. Le premier client arrive, tend ses chaussures et ouvre son journal. Même pas un bonjour. Vava ne s'offusque pas, il a l'habitude... Il empoche l'argent et invite le suivant à s'installer. Senhor Carlos. Si tôt. Étrange. Quelque chose ne va pas. Carlos lui parle du temps qui passe et des regrets, de la prison de la vie et des devoirs familiaux. Il l'observe du coin de l'œil. Non, Carlos n'est pas soûl. Juste triste, mélancolique, Carlos traîne. Vava lui offre un café.

Sa tête tourne et retombe lourdement sur l'asphalte. Il s'est battu avec un type du tournoi qui voulait lui piquer sa came. Des sirènes approchent, les freins crissent, des hommes hurlent. Sérgio n'a pas le temps de réfléchir, les flics l'attrapent et le tabassent à la matraque. Sale vermine, merdeux. Du sang dans la bouche. Des bruits d'os. Une dent qui s'émiette. Ils gueulent, le fouillent. Banco, ils ont trouvé la coke et du fric, beaucoup de fric. Ça justifie le massacre. Puta merda ! qu'est-ce qu'ils lui veulent ? Pourquoi lui ? Sérgio meurt de trouille, il hurle. Cette fois-ci, ce sera la bonne, il va y passer. Renato. Renato, qu'ils arrêtent, je t'en supplie. Un flic pose son flingue sur sa tempe. C'est fini. Sérgio pense à mère, il revoit Percival et son doudou, Luciana et ses rubans et Taissa le garçon manqué, sa préférée. Les flics lui passent les menottes et l'embarquent, il résiste à peine. Dans le coffre, des relents de pisse. Ça pue le désespoir et la peur. Sont-ils nombreux à avoir fait une virée dans ce corbillard ? Lesquels ont eu la vie sauve ? Combien se sont fait exploser la cervelle, là, à l'arrière, face à l'autocollant « police civile » ? Sérgio les entend discuter, ils se partagent le butin. Sa vie se joue, question d'humeur. Un des flics hausse la musique, ils sifflotent, parlent du cul de la chanteuse, se tâtent. On le bute ou pas ?

La tête sur les jambes de l'inconnue, Olímpia se laisse bercer. Elle lève la tête. Une main ferme la repose doucement à sa place, bien au creux de ses longues cuisses au parfum envoûtant de vanille et de coco. L'échancrure de sa robe laisse deviner deux seins ronds, les gouttes perlent à fleur de peau, roulent sur son ventre, dessinent un sillon humide sur le coton translucide. Des corolles de sueur obscurcissent par endroits le tissu rose. Ivone est concentrée sur les plaies qu'elle désinfecte avec douceur. Elle remue tranquillement les pieds dans la piscine aux mosaïques bleues. Des pieds solides aux ongles soignés. Immobile, Olímpia savoure la chaleur de ces bras, elle retrouve une sensation lointaine. Un parfum d'enfance. À en oublier la douleur.

Admissible. Pipoca répète ce nouveau mot une dizaine de fois, il aime sa sonorité. Désormais, il connaît son alphabet, bien que dans le désordre. Après tout, l'essentiel est la maîtrise des lettres. Pipoca bombe le torse. Quelle conquête ! La bataille fut âpre, l'adversaire coriace. Il a fallu de longues heures de négociation avant de convaincre les lieutenants G, Q, K, W et Z de se réfugier dans son cahier. Les voyelles ont ensuite suivi sans rechigner. Bien docilement. Pipoca a failli s'avouer vaincu. Adossé au pied de l'église, il trinque avec le Padre. Il est soulagé, leur relation s'était quelque peu envenimée suite aux coups de règle ponctuant chaque mauvaise réponse. Le facteur les salue, fouille dans sa besace. Surprise, une carte postale. Pipoca la lui arrache des mains, prêt à la déchiffrer. Sa joie retombe bien vite, c'est une carte envoyée par les amis de la Place, une récompense après tous ses efforts. Leur gentillesse l'émeut. Bientôt ce sera Ivone, se dit-il, philosophe.

Carlos a déchargé sa tristesse puis s'en est allé. Vava se concentre sur la chaussure, frotte, nettoie et lustre. La complète pour un bon pourboire. Le gars n'a pas une tête de généreux. Pourboire que dalle, parie Vava. Le client se lève et fout en l'air tout le travail. Qu'est-ce qu'il se passe ? Un gamin se traîne, pas beau à voir, ça pisse le sang. Il rampe, ah, ça y est, il est tombé, tant mieux. Un voyou de moins. Le mec fait son petit laïus sur les gosses des favelas, la faute des parents, les corrections qu'on ne donne plus, le bon vieux temps. Vava ne répond pas. Les gosses, c'est pas leur faute, le problème, c'est la peur, les trafiquants, la police sous-payée, la corruption. Il a un mauvais pressentiment, finit le lustrage en vitesse, empoche ses sous et court voir. Les gens n'approchent pas. De loin, ils observent un corps sans vie gisant dans une mare de sang. Un enfant recroquevillé. Deux types retournent le corps avec dégoût. Son chiffon plein de cirage dans les mains, Vava nettoie le visage boursouflé. Jesus Maria ! c'est Sérgio. Le gosse est dans un sale état. Comment est-il arrivé jusqu'ici ? Vava porte l'enfant dans son coin. Personne ne sait s'il est déjà mort. Les paris vont bon train. Dix contre un qu'il est foutu.

Olímpia s'est enfin endormie, ses doigts blessés enchevêtrés dans les siens. La chambre a désormais meilleure allure, elle a tout nettoyé, une ou deux taches s'obstinent malgré tout. Demain elle fera venir des professionnels pour effacer toutes traces inutiles. Personne ne doit savoir, Olímpia guérira. Pour l'heure, Ivone reste à ses côtés, sa présence est nécessaire. Elle embrasse furtivement le front de son idole, elle ne veut surtout pas la réveiller. Olímpia a besoin de repos, Ivone veillera le temps qu'il faudra. Patiemment, elle dénoue ses doigts et se lève. Elle se promène dans la chambre, note le moindre détail. Le coin salon, les tableaux, le tissu des murs et l'énorme télévision, maintenant cassée. Ivone ne s'en lasse pas. Mais ce qui la tente le plus, c'est le dressing. Juste à gauche du lit. Une pièce en bois tout en longueur. Ivone rêve d'essayer les talons aiguilles. En strass.

Denise passe ses journées scotchée à la télévision. Bientôt l'heure des nouvelles. Elle a hâte d'écouter les catastrophes du jour. Olímpia devrait en faire partie. Elle se rembrunit. Hum... Les chaînes interrompront sûrement leur programme pour la mort d'Olímpia, ils diffuseront un flash spécial. Or rien pour le moment. Denise tape du poing, un vase Lalique se brise sur le sol. Elle sonne pour qu'on vienne débarrasser les débris, zappe nerveusement, toujours rien. Pourtant son contact a téléphoné, l'affaire est réglée. Une domestique ramasse les morceaux, la jeune que Carlos reluque. Denise se lève et, l'air de rien, lui marche sur la main. Le verre lui déchire la paume, Denise se sent mieux.

La vue du sang lui donne des vapeurs, c'est vraiment pas le moment de faire le délicat. Le mouflet est à moitié mort, il faut trouver un docteur ou aller à l'hôpital. Leur curiosité rassasiée, les badauds sont partis, laissant Vava seul. Personne ne veut les prendre en stop et il n'a pas de quoi payer un taxi. Quant aux transports en commun, c'est pas la peine. Paralysé par la souffrance du petit, incapable de la moindre décision, Vava panique. Sérgio émet de petites plaintes à peine audibles, pour pas qu'on le jette à la morgue tout de suite. Le temps presse, la police ne va pas tarder à se pointer et là... ils risquent de l'achever. Jesus Maria, aidez-nous ! Le visage de l'enfant vire au gris, il ne lutte presque plus, la vie s'échappe. Ses yeux démesurément bouffis par les coups restent obstinément fermés. Vava lui parle, essuie son front ensanglanté, pleure. Le marchand ambulant lui

a donné un sac de glaçons pour stopper l'hé-
morragie mais la chaleur les avale. Sérgio s'en
va, ses traits se relâchent, la douceur revient.
Une main ferme attrape l'épaule du cireur de
chaussures. La police, c'est fini. Il se lève, prêt à
en découdre. Face à lui senhor Carlos, son sau-
veur.

Sa main cherche l'interrupteur quand un
rayon de soleil pénètre l'obscurité de la chambre, l'éblouit. La lueur nimbe une femme paisi-
blement endormie à ses côtés dans une de ses
chemises de nuit. Olímpia la dévisage avec curiosité, cette jeune métisse la frappe par sa beauté
insolente. Elle s'apprête à la réveiller mais des
images resurgissent. D'abord floues, elles se pré-
cisent. Le couteau, le sang, la piscine, puis le
néant. Olímpia court vers la salle de bains, se
contemple. Le couteau a tué l'idole. Elle vomit.
Olímpia régurgite sa vie.

Des voix lointaines lui parviennent. Les an-
ges sans doute. Ou Renato peut-être. Oui, Renato. Une lumière d'une blancheur immaculée
l'inonde. Le voilà donc au paradis ! Trop cool !
Dans un soubresaut de conscience, Sérgio regrette
toutes ses conneries passées. Que va-t-il dire au

Bon Dieu maintenant ? La confrontation risque d'être difficile. Ascenseur direct pour l'enfer. Faudra demander pardon et tout le cinéma... Ça, Sérgio sait faire. Il a la tchatche, il saura convaincre Dieu de le garder. Et puis Renato l'aidera, il doit connaître du monde par ici. Maman, apporte-moi encore une couverture, s'il te plaît. J'ai si froid. Une chape de glace l'enveloppe. Doucement, elle avance, grignote chaque centimètre de cette chair d'enfant trop vite endurcie. Alors Sérgio comprend. Le paradis, il n'y est pas encore. Dommage, faudra attendre un peu. Il reste une bataille. La dernière. Sérgio contre la Faucheuse. Beau joueur, il se laisse battre. De toute façon, il n'a aucune chance, le combat est inégal, truqué, gagné d'avance. Les voix reviennent, des murmures incompréhensibles. Les toubibs sûrement. Il aimerait ouvrir les yeux une dernière fois mais l'effort est insurmontable Avec réticence, Sérgio glisse vers la mort.

La chambre est vide. Une odeur aigre flotte dans la salle de bains, les stores sont baissés, les baies vitrées fermées. Il règne une chaleur étouffante. Ivone parcourt chaque pièce, revient sur ses pas, cherche. Où est Olímpia ? Une ombre traverse la cuisine. Ivone la suit mais ne trouve personne. Une allumette se meurt dans l'évier. Son pouls s'accélère, il lui faut sortir d'ici. Elle se précipite vers la porte, la poignée est bloquée. Elle court vers le salon, tente de relever les stores mais le courant a été coupé. Plus d'issue. Une bougie gît à terre, la moquette flambe, le feu efface les coquelicots rouge sang et avance vers elle.

C'est fini, dit le médecin. Il faudra remplir les formalités administratives, organiser les funérailles, prévenir les parents. D'abord est-ce qu'il en a des parents ? Vava et Carlos se regardent, assommés par ces responsabilités qu'ils préféreraient ne pas endosser. Après tout, ce gosse, ils le connaissaient à peine. Carlos juge qu'il en a déjà assez fait, sa BMW est pleine de sang, ça va lui coûter une fortune à nettoyer. Il accepte de payer l'hôpital mais pour le reste, c'est pas ses oignons ! Vava ose un geste étonnant et lui prend le bras. On ne peut pas laisser le petit tout seul dans ce grand hôpital froid. Vous n'êtes pas croyant, senhor Carlos ? On ne peut pas abandonner le gamin comme ça. Ils vont le jeter à la fosse commune tel un vulgaire déchet, ça, je ne peux pas le supporter. On a des enfants tous les deux. Oui justement, c'est pas mon gosse. Mais Vava insiste. Carlos s'impatiente. Viens, Vava, ça suffit de pleurnicher, viens, on va boire un verre, une bonne caipirinha, ça te remontera...

Olímpia se promène dans son jardin à la géométrie parfaite. Ici aussi, tout est à refaire. Elle porte la main à son visage, les cicatrices ne partiront sans doute pas, Carlos ne reviendra plus. Un vent léger souffle sur les feuilles, les rosiers fanés embaument encore. Un parfum d'automne un peu amer, à l'opposé de celui de cette fille endormie sur son lit. Elle se dirige vers la maison et fronce les sourcils. Les lumières sont éteintes, les stores baissés, le salon inaccessible. Pourtant tout à l'heure elle est sortie par la baie vitrée. Olímpia contourne la maison pour entrer par le service. La porte de la cuisine refuse de s'ouvrir, la poignée est brûlante. Des cris affolés lui parviennent. La fille cogne désespérément contre la porte vitrée. Derrière elle, de gigantesques flammes menacent.

La maison d'Olímpia Wagner est en feu, les pompiers luttent. Aucune nouvelle de l'actrice. Le Brésil est en émoi. Des images du brasier défilent, la caméra se repaît de ce nouveau désastre. Un plan de la maison apparaît, des détails architecturaux sont donnés, on spécule sur le prix de la somptueuse villa. Nina renifle bruyamment, elle ne cache pas ses larmes. Pipoca s'indigne, qu'ils trouvent Olímpia. La caméra poursuit, la piscine en mosaïques italiennes, les rosiers français, les voitures de sport. Même Padre Denilson s'énerve. Sauvez Olímpia !

Denise se trémousse sur son canapé. Le drame est sur toutes les chaînes, un vrai spectacle hollywoodien. Elle n'en demandait pas tant. La mort d'Olímpia Wagner en direct. Pour une fois, elle a fait un bon investissement. Les pompiers ont maîtrisé l'incendie mais n'ont pas trouvé le corps, sans doute emporté par le feu. Olímpia n'est plus. Denise jubile. Le périmètre autour de la maison calcinée est envahi par les journalistes, la police peine à maintenir l'ordre. Des questions fusent sur l'origine de l'incendie, des hypothèses sont lancées. Denise se crispe, le maire parle d'une enquête. On frappe à la porte, l'homme entre et exige plus d'argent.

Le vieux commence à lui peser, la circulation est plus infernale que jamais. Ils sont bloqués depuis une demi-heure à l'entrée de Morumbi, ils se dirigent vers la maison d'Olímpia. Une idée de Carlos pour dérider Vava qui lui en veut d'avoir abandonné le voyou à la morgue. Les pompiers verrouillent le quartier, des sirènes hurlent tous azimuts. Carlos allume la radio, la voix de l'animateur est grave mais il n'entend pas les dernières nouvelles tant le vacarme extérieur l'assourdit. Un calme relatif revient, les sirènes s'éloignent. Alors, il comprend. L'incendie, Olímpia. Carlos s'écroule sur le volant. Indifférent, Vava descend de la voiture, il retourne à l'hôpital veiller le petit.

Olímpia a sauvé Ivone in extremis de la fournaise, elle la soutient et l'aide à monter dans le taxi. Il faut se dépêcher d'arriver à l'hôpital, les brûlures d'Ivone l'inquiètent. Le chauffeur jette un œil rapide sur ces femmes à l'allure singulière, excité par le drame du jour, il ne leur prête pas grande attention. Il raconte dans le détail le terrible incendie, la flamboyante disparition de la grande actrice. Mauvaise semaine en perspective. Ivone et Olímpia se taisent. Le taxi les dépose à la hâte et s'échappe en quête de nouvelles informations. Une longue file d'attente encombre la salle d'accueil. Olímpia l'emmène au service de chirurgie où une infirmière les invite à patienter. Au bout du couloir, un vieil homme avance péniblement, une grosse boîte de cirage à la main, il parle seul, réclame un corps avec véhémence. Ivone redresse la tête, elle a reconnu la voix de Vava. Le médecin est arrivé, Ivone le suit puis se retourne. Olímpia n'est plus, Vava non plus. Là-bas, au fond du couloir, deux silhouettes s'éloignent puis s'effacent.

SALVADOR

La fontaine où Maria Aparecida m'a si souvent jeté est toujours en place, l'église du Padre empeste les fleurs à trois kilomètres et je vois même la machine étrange à fabriquer ces bonbons au caramel dont je raffole. Je n'y comprends rien, serais-je en train de rêver ? Me serais-je trompé ? Pourquoi ce calme et ce silence ? Où sont donc passés les oiseaux ? Et le chat de Nina ? Aurais-je confondu ce vulgaire square sans âme avec la Place ? Mince ! Cette petite femelle hier soir m'a fait perdre la tête, la fatigue me rend idiot. Je vais aller du côté de chez la prêtresse, son parfum immonde me permettra de la repérer même dans cet état. Tiens, Mama Lourdes n'est pas chez elle, pas un bruit. Aurais-je perdu mon flair légendaire ? Je vais suivre mon instinct et remonter cette rue. Non, je ne suis pas fou, c'est bien la Place, le grand jacaranda trône toujours. Où sont mes amis de la Place ? Où se cachent-ils ? Serait-ce un de leurs jeux ?

Le chien errant se concentre, il voudrait hurler comme son cousin du Sud, un loup au pelage gris et aux crocs menaçants. Aucun doute, ça attirera sûrement l'attention du Padre ou de Pipoca. Il rassemble toutes ses forces et émet, avec tout son désespoir, une longue plainte déchirante. Elle se faufile entre les murs, se glisse sous les cloches de l'église puis se meurt dans la fontaine où même l'eau croupit. Ce monstrueux effort n'a servi à rien. Personne ne répond à son appel. Les poils du chien errant se hérissent, ses oreilles se dressent, sa queue s'agite dans tous les sens. L'heure est grave. Très grave.

Il approche de l'église de Padre Denilson, entre dans la nef avec précaution et suit les dalles de pierre qui mènent à la sacristie. Les effluves de fleurs sont si entêtants qu'il se perd et atterrit au petit cimetière paroissial. Une mousse verdâtre et nauséabonde envahit l'allée et s'incruste sous ses ongles. Horrifié, il court vers l'église pour tremper ses pattes dans l'eau bénite, il aimerait aboyer à nouveau mais pas face à l'autel, le Dieu des hommes le punirait. Il lui reste un dernier espoir : le café de César. La terrasse est déserte, pas un client, juste quelques tasses sales. De plus en plus inquiet, le chien errant se dirige vers la basilique. C'est étrange, Teresa la dévote n'est pas sur les marches à vendre ses chapelets, il n'y a plus aucun doute, c'est bien la « fin du monde ».

Soudain des cris.

Il dresse l'oreille, ça vient de chez César. Il repart au café, pousse la porte, insiste. En vain. Après maintes tentatives, il pose la gueule sur la poignée et l'abaisse de son museau.

Ils sont là, tous, face à une grosse boîte bizarre qui parle. Le chien errant bondit de joie, jappe, passe entre les jambes de ses amis retrouvés mais n'en revient pas de leur indifférence. Il cherche le Padre désespérément. Lui ne le rejettera pas, c'est sûr. Ça y est, il a reconnu les pieds propres et bien roses du Padre. Il se faufile entre les chaises et pose son museau humide de bonheur contre sa robe noire. Son ami est si concentré sur la boîte qu'il ne remarque pas son souffle chaud et tendre contre sa main. Le chien errant baisse la queue, même le Padre ne veut plus de lui. Il tourne la gueule vers cette boîte qui lui a volé sa place et là, stupeur !

Ivone. Dans la boîte noire ! Une Ivone minuscule, prisonnière, en larmes face à un homme moustachu à l'air méchant.

Le chien errant fonce droit sur la boîte, se jette contre le verre et sort ses crocs abîmés par les pop-corn. Il veut délivrer sa princesse. Derrière lui, on s'agite. Il perçoit des éclats de voix mais n'en tient pas compte. Une main puissante à la violence mal contenue le saisit par le collet et l'envoie valdinguer à l'autre bout de la pièce, droit sur une caisse de patates douces. Le chien errant retombe bruyamment contre le carrelage froid, l'arrière-train disloqué et les idées de plus en plus confuses.

Les pieds dodus du Padre se posent face à lui, sa voix rassurante le console. Ivone va bien, la grosse boîte noire est une télévision, une sorte de jeu pour humains où l'on raconte des histoires. Ivone est actrice, elle va devenir célèbre, très célèbre. Ce soir, elle est passée pour la première fois dans la boîte, pas longtemps mais suffisamment pour qu'on ne l'oublie pas. Un grand honneur. Le chien errant n'est pas certain d'avoir bien compris mais il est content. Tout rentre dans l'ordre.

Le feuilleton est terminé, le café de César se ranime, les commentaires vont bon train. Pipoca grogne dans un coin, il n'a pas apprécié le baiser passionné de la fin. Teresa la dévote propose déjà une neuvaine pour le salut de la pécheresse. César la rabroue et offre une tournée générale, il faut fêter leur petite. Il sort de sa réserve sa meilleure cachaça, à boire cul sec. Mama Lourdes se précipite, l'alcool lui permet de communiquer avec les divinités plus facilement. On trinque à la santé d'Ivone, on pronostique sa prochaine apparition. Turco est fier comme un coq, il parle de la rejoindre à São Paulo et jure de lui être toujours fidèle, enfin une fois là-bas...

Doutor Augusto n'a pas touché son verre, il n'a pas le cœur à ça et ne sait pas comment annoncer à ses amis l'arrestation de Zé et de Manuel...

Le dernier wagon de l'express disparaît dans la grisaille ambiante. Météore rouillé traversant le ciel des condamnés de Canju, bagne haute sécurité où pourrissent huit mille hommes. Une poussière métallique envahit l'air déjà vicié. Dans une demi-heure, ce sera le régional avec son cortège de papiers gras, de mégots et d'éclats de verre, puis à nouveau l'express. Le brouhaha habituel a cédé la place à un silence effrayant. Ici, le silence n'augure jamais rien de bon. Les jours sont sans lumière, les heures suffocantes, les minutes meurtrières. Au troisième étage du pavillon 5 un homme supplie, un autre s'esclaffe d'un rire cruel, sans appel. Les gardiens les observent à travers l'œilleton puis reprennent leur poste au fond du couloir. Cellule 402. Trente hommes pour six mètres carrés, ils se relaient pour s'asseoir, ils paient pour quelques heures de sommeil. Dans un coin, un adolescent agonise, les yeux tournés vers le ciel en une ultime supplique. Ils lui ont laissé le privilège de mourir près de la fenêtre à condition qu'il fasse vite. Au-dessus de sa tête, un vieux brasse l'air à l'aide d'une feuille de papier. Une seule page d'une écriture malhabile, presque invisible à force d'être lue. Manuel récite les mots de Zé comme une prière. Une litanie pour exorciser la peur.

Manuel. Le papier est pas très grand alors j'espère que tu réussiras à me lire. Depuis la mutinerie de dimanche, j'ai été transféré au pavillon 7. J'ai vu pire, le chef est juste et il n'y a pas trop de tueries. Il paraît que chez toi, au pavillon 5, c'est l'horreur. On dit que t'es malade, une sale grippe. Tiens bon, mon Manuel, je négocie un lit à l'infirmerie. Un lit rien que pour toi, bien propre, comme t'en as jamais eu. Alors tiens bon et attends-moi.

La feuille reste suspendue dans l'air puant, Manuel a fermé les yeux. Le vieux le tâte, le gosse est peut-être mort. Très bien, ça fera plus de place.

Doutor Augusto a mal dormi, mais Doutor Augusto dort mal depuis longtemps déjà. Depuis

les années sombres de la dictature et les interro-
gatoires à l'école militaire et ce jour où le courage l'a déserté. Seul le soleil parvient parfois à
atténuer les cris de ceux qui ont su se taire. Il
ouvre grand les volets, les ruelles du quartier
historique se réveillent doucement. Des touristes zélés promènent leurs sandales sur les pavés
tordus. Il jette un dernier coup d'œil à son miroir avant de sortir. Pas un faux pli, le col bien
repassé, son épaisse chevelure blanche impecca-
blement peignée. L'air frais du matin achève de
le rassurer. Doutor Augusto reprend son souffle
et tamponne son front en sueur, cette pente
finira par le tuer. Les sobrados colorés l'encouragent à poursuivre son chemin, il arrive enfin sur
la Place. La douceur du soleil caresse les murs
délavés de l'église de Padre Denilson. Comme
chaque matin, il astique, nettoie et sifflote. Des
fleurs fraîchement coupées reposent sur les
marches, une offrande d'un fidèle. Pipoca ronfle
sur un banc, ses mains tachées d'encre sur le
ventre. Doutor Augusto attend patiemment que
le Padre finisse de décorer son église. Au pied
de la statue de Nossa Senhora da Aparecida,
Rubi et Safir ont déposé le panier pour les
petits. Comme chaque mercredi, elles ont préparé des vivres pour la semaine. Le Padre a

184

ajouté de vieux journaux et des vêtements rapiécés de la vente de charité. La Place pense à ses enfants.

Zé nettoie les traces à tâtons. On a dévissé l'ampoule. Seul un murmure le guide, un râle inaudible, un souffle de mort. Des rigoles écarlates s'insinuent dans les nervures du sol, glissent entre les pieds nus et les corps avachis. À genoux, Zé frotte. Avec rage, désespoir aussi. Des gouttes de sueur s'échappent de son front, elles se mêlent aux flaques pourpres. À côté un homme gît, la gorge béante. Une entaille à la précision chirurgicale. La signature de l'Accordeur, un coup d'archet à la virtuosité sans égale. Les autres entourent le mort le temps de maquiller le crime. Il faut se dépêcher avant l'arrivée des gardiens, les charognards au silence grassement payé. Zé frotte encore. Ses genoux anguleux s'écorchent, ses côtes saillent à travers l'uniforme de coton beige. Il pense à Manuel, seul, là-bas au pavillon 5, dans le secteur des pestiférés. Zé s'acharne. Manuel aura son lit à l'infirmerie. Un homme se hisse sur le dos d'un autre, il revisse l'ampoule. Les conversations reprennent. La pierre a avalé le sang, elle se repaît de cette vie qui s'échappe.

Padre Denilson serre affectueusement Doutor Augusto dans ses bras. Il a sa tête du mercredi. Des cernes noirs alourdissent les poches de ses yeux toujours inquiets. Malgré la lassitude, il dégage une force irrésistible. La force tranquille et résignée de ceux qui ont trop frayé avec la souffrance. Comme chaque mercredi, il est rasé de près et sent cette eau de Cologne française qu'il affectionne tant. Le Padre lui tend le panier avec un sourire encourageant. Rubi et Safir se sont une fois de plus surpassées. À tel point que le Padre a dû se sermonner pour ne pas goûter à la moqueca de crevette. Doutor Augusto attrape le panier, son poids le surprend, Rubi et Safir vont nourrir tout le pénitencier... Vite, il se dépêche, les petits attendent. Padre Denilson l'accompagne en silence jusqu'à l'arrêt du bus, ils espèrent que ce mercredi de visite ne sera pas le dernier.

Des mains rudes parcourent son corps. Des doigts avides à la peau calleuse le meurtrissent, enserrent ses chevilles trop maigres. La fenêtre puis la cellule disparaissent. Manuel ne pensait pas qu'il les regretterait un jour mais il a peur et il a froid. Zé ne peut plus rien pour lui.

Manuel part seul vers une mort certaine. Les détenus ont dû se plaindre et le balancer auprès du gardien-chef. On va se débarrasser de sa carcasse pour éviter la contagion. Il ne lutte pas et plonge dans une semi-conscience, submergé par la maladie et les hommes. Son corps n'obéit plus depuis longtemps déjà... Fatigué, malmené, asséché. Ce corps pris si souvent là-bas, derrière les rochers, là où le ressac noie les halètements inconnus. Les nuits s'enchaînent sans fin, la lune pour seul témoin. Des voix dures aboient des ordres puis disparaissent. Manuel ne supporte plus, il veut partir, en finir. Seul Zé le retient et lui donne un peu de ce courage dont il déborde. Soudain, le silence, les voix se sont tues, les mains ne l'emprisonnent plus. L'odeur suffocante des cellules s'est atténuée, il flotte un parfum d'éther, les murs blancs renvoient une lumière aveuglante. Manuel ferme doucement les yeux. Sa tête repose désormais sur un coussin, ce confort lui arrache un faible sourire. Il a compris, l'infirmerie. Zé a réussi, il peut dormir.

L'Accordeur traverse la cour de la prison, une main dans la poche de son pantalon sombre, privilège qu'il ne partage avec personne. Les autres portent tous l'uniforme beige à la neutralité inquiétante. Trois hommes l'accompagnent dans sa ronde quotidienne. Ils se tiennent à distance respectueuse, attendant un signe pour parler. L'Accordeur règne sur Canju comme jadis Maria Aparecida sur la Place. À chacun son royaume. Des milliers d'yeux avides observent le tout-puissant. Certains parient sur sa durée, d'autres sur les exécutions à venir ou le montant des trafics de la semaine. Tapi dans un coin, son fidèle lieutenant surveille. Zé hume, renifle, flaire, à l'affût de la moindre rumeur, du moindre comportement suspect. Le règne ici est éphémère. L'ennui exacerbe les tensions et autorise meurtres, tortures, viols. Dans l'indifférence et parfois même la jubilation. Zé scrute les visages. Masques beiges, mortuaires. L'uniforme s'est répandu au-delà des corps. Blancs, noirs, métis ou indiens, ici il n'y a plus de couleur, juste le vide et l'absence. Zé fouille encore et encore. Il cherche l'étincelle, la lueur révélatrice. Le traître. Rien ne doit arriver à l'Accordeur. D'un claquement de doigts, il lui ordonne d'amener son violon. Les yeux s'agitent à travers les barreaux, un murmure inquiet parcourt le bâtiment, on recule vers l'arrière de sa cellule, on se terre derrière les corps entassés, quitte à s'asphyxier. Beaucoup portent la main à la gorge, ils redoutent la corde et son entaille fatale. Soudain, une longue plainte déchire l'angoisse générale. Une note grave, douloureuse. Le début d'une mélodie tzigane.

Osvaldinho, dit « Soda », débute sa tournée en sifflotant le générique du *Clone*. Avec son seau, son balai et son couteau, il passe d'étage en étage, de pavillon en pavillon. Un petit coup de serpillière par-ci, un petit coup de canif par-là. Il faut nettoyer alors tant pis s'il en poignarde quelques-uns. Après tout il fait son boulot : le ménage. On ne lui a pas donné plus de précisions. Osvaldinho a horreur de la saleté et de toutes les bestioles qui vont avec. Une manie de sa mère. Il n'y avait que la vieille pour tout passer à l'alcool. Maintenant qu'il l'a dérouillée, elle lui a laissé ses manies. Alors quand il voit les rats et les cafards, il hurle. Personne n'arrive à le calmer. Enfin presque. Il n'y a qu'une chose, et tout Canju le sait : un Coca bien frais, plein de bulles. Des bulles qui lui chatouillent le gosier et lui font oublier ces bêtes immondes. Même les gardiens connaissent le truc. Parfois ses cris interrompent un match ou une novela, alors ils ont toujours un Coca sous la main. Les leaders des onze pavillons terrifient les petits nouveaux avec ça, ils leur font croire à une séance de torture, un moyen de les mettre au pas. On ne l'a pas encore zigouillé parce qu'il est le seul à se balader librement dans la prison. Il transmet messages, portables et ragots, quand il a toute sa tête car souvent il oublie. Alors on lui paye son Coca et ça revient. Le Coca... hum... rien qu'à y penser il se remet à chantonner. Soudain, il se souvient. Le message pour le pavillon 7. De l'infirmerie. Osvaldinho se dépêche, l'Accordeur ne doit pas attendre.

Gringa a déserté les marches de l'église. Depuis la disparition de Sérgio, elle s'est emmurée dans un silence que nul n'est parvenu à rompre, elle refuse même d'écouter Pipoca et ses supplices. Trois kilos de hash méritent une punition, deux ans ferme c'est peut-être cher payé mais tant pis. Gringa regarde Pipoca avec ironie, Mama Lourdes a raison, elle est maudite. Le sourire plein de confiance de Sérgio, l'amitié de Zé et Manuel. Perdus. Perdus. Perdus. Elle chasse ces visages, ne veut pas penser à ces enfants enfermés dans ces murs cendre aux graffitis à l'encre de sang. À cette odeur. Indéfinissable. Aigre, humide, rance. À la mort qui rôde.

Sérgio. Là-bas, seul aussi. Elle n'a pas su. Gringa
aimerait pleurer. Zé et Manuel. Elle imagine ce
qu'ils subissent, leur frayeur. Deux ans ferme
dans ce mouroir où les nouveaux venus sont mis
aux enchères, où on se les arrache pour en faire
des femmes. Gringa s'adosse contre le mur de
l'église de Padre Denilson, son corps glisse le
long de la pierre, s'écorche, puis s'affaisse sur
les pavés. Il reste encore un peu de chaleur, celle
d'une belle journée d'été.

Aujourd'hui Iemanjá est déchaînée, sa robe
bleue gonfle de colère. Les barques des pêcheurs
tanguent dangereusement sur les vagues en
furie, la coque prête à plonger dans leurs bras
profonds. Doutor Augusto a le vertige, il se
sent lui aussi proche de la noyade. Il tourne son
regard vers les dunes, des kilomètres de sable
pâle aux courbes infinies. Le vent siffle contre
les vitres et chasse les premières gouttes de
pluie. Le contrôleur passe entre les rangs, ferme
les fenêtres qui, rongées par le sel et le sable,
bloquent, laissant un parfum d'écume pénétrer
le bus. Mères, fiancées, enfants et pasteurs, tous
respirent à pleins poumons cet iode salvateur.
Sa fraîcheur les étourdit et effacera quelques
secondes la décrépitude de la prison et les êtres

qui la hantent. Doutor Augusto connaît tous les visages. Dona Sueli est grave, ses deux fils ont été transférés et personne n'a su lui dire où. Mariana a les yeux pétillants, c'était jour de la visite intime, Pedro et elle ont pu se retrouver. Senhor Joaquim serre les lèvres. Comme à son habitude, il descendra du bus sans un regard pour les autres. Ce mépris dissimule mal son désarroi. Son fils unique est devenu la pute du pavillon 3. Doutor Augusto, lui, ne voit pas son propre reflet, ses traits ravagés. Il préfère se perdre dans la tristesse des autres.

Les dernières notes résonnent dans la cour, elles se dispersent avant de lentement s'éteindre entre les barreaux. Pas un murmure ne rompt le silence, hommage à cette étrange musique avant que la clameur habituelle ne revienne envahir les esprits. L'Accordeur range tranquillement son violon dans son étui de cuir noir, il savoure ce moment de pouvoir absolu. Les gardiens ont regagné leurs quartiers pour une dernière partie de cartes avant le journal national. Les gars peuvent se débrouiller seuls et s'il arrive un malheur, ce sera un criminel de moins. Un couinement insistant vient briser la quiétude apparente, un son familier que tout le monde connaît : Osvaldinho, son balai et son seau d'eau de Javel. Le seau aux mille surprises. Livres, magazines, biscuits, armes, maria louca[1]. Chacun y trouve son bonheur. Il suffit d'amadouer Osvaldinho et de payer le prix. Soda avance doucement dans la galerie sombre, le clapotis de la javel l'accompagne. Zé s'approche, il faut montrer patte blanche avant d'atteindre le chef du pavillon 7. Il tend la main pour qu'Osvaldinho lui remette son imprévisible canif, mais Soda l'ignore et poursuit son chemin. Zé ne lâche pas des yeux ce long corps courbé aussi malléable qu'un morceau de pâte à modeler, seuls ses cheveux hirsutes gardent une certaine rigidité. Osvaldinho est tranquille. Trop tranquille. Zé sent son pouls s'accélérer, il prépare un mauvais coup. Zé presse le pas et le dépasse pour lui bloquer le passage. À quelques mètres, l'Accordeur observe la scène, imperturbable, fier du courage de son lieutenant. Des visages émaciés surgissent çà et là. On se bouscule pour assister au spectacle, Zé n'en a plus pour longtemps. Osvaldinho n'aime pas les obstacles, son canif non plus. Il lève la tête, se

---

1. « Maria la folle », alcool fabriqué en prison à base de riz et de pelures d'oranges.

balance sur un pied puis l'autre et, de ses yeux fous, regarde Zé. Avec une certaine tristesse, comme à regret. Puis, une main sur son matériel et l'autre dans la poche, il le pousse violemment et se dirige droit vers l'Accordeur. Alors Zé comprend. D'un geste désespéré, Zé se jette sur Soda, il veut l'empêcher de parler. Le manche du balai claque contre le sol, la javel se répand dans la cour, elle gobe les vieilles taches de sang séché. Mais c'est trop tard. Osvaldinho délivre son message. Manuel est mort.

La chaleur des pavés s'est évaporée, cédant la place à une nuit obscure et sans étoiles. De fines gouttes de pluie se faufilent entre les interstices de pierre et éclaboussent le pantalon de Gringa, endormie contre le mur de l'église. Elle a le sommeil agité et les traits tendus. Debout face à elle, Mama Lourdes l'observe, la braise de son cigare s'approche dangereusement de cette peau diaphane qu'elle a toujours enviée. Son pied charnu et difforme tâte le corps inerte sans provoquer une quelconque réaction. Elle prend un malin plaisir à voir la reine de la Place étendue comme une vulgaire mendiante. La déchéance des autres lui procure une satisfaction étrange, presque sensuelle. Elle triture son cigare, le hume et aspire une bouffée qu'elle crache avec délectation vers le visage de Gringa qui toussote et ouvre un œil inquiet. Une lueur incandescente brille dans la nuit et éclaire faiblement une masse sombre et effrayante. Gringa recule mais elle est acculée contre le mur. Une voix rauque susurre dans son oreille des menaces, lui chuchote de nouvelles tragédies. Pour la première fois depuis la disparition de Sérgio, le cri de Gringa résonne sur la Place.

Turco sourit. Une femme surveille son gamin d'un œil et de l'autre le déshabille du regard. Sans pudeur. Avec insolence même. Une belle Noire à la peau sombre et au corps nerveux à en oublier Ivone et ses yeux verts. Des mèches folles s'échappent d'un fichu rose, accentuant l'élégance de ses traits. L'enfant joue sagement au ballon. Un ballon rouge dont la peinture s'écaille. Le manège des adultes ne l'intéresse pas. Turco a envie d'elle et ce gosse l'ennuie. Sa mère l'appelle d'une voix ferme, c'est l'heure de rentrer. Elle tend la main pour prendre celle de son petit, le ballon rouge attend par terre qu'on le ramasse. L'enfant lève la tête et voit Turco pour la première fois. Il le fixe, puis se tourne vers le ballon. Sa mère se penche pour le saisir,

Turco aussi. Il l'attrape et le cale sous son aisselle. Maintenant, ils peuvent rentrer à la maison. Tous les trois.

Face contre terre, Zé suffoque. La javel brûle ses narines. Il se débat, tousse, tente de se relever, mais Osvaldinho le maintient fermement au sol à l'aide de son balai. Zé le repousse de ses bras décharnés, la pression sur sa nuque s'accentue, il n'arrive plus à respirer, la javel l'étourdit. On le siffle, on se moque. Osvaldinho rit à gorge déployée, il trouve la situation très drôle. Il passe le balai sur le visage de sa victime, le trempe dans la javel et reprend son jeu. Zé a besoin d'un bon nettoyage, Zé doit oublier Manuel et ses vices. Osvaldinho ne se rend pas compte que les rires ont cessé, que seule sa voix aiguë résonne dans la cour du pavillon 7. Il sort son canif, il a bien envie de le planter dans le cou de Zé. Il sursaute, l'Accordeur se tient face à lui, plus imposant que jamais. Il se recroqueville, n'ose pas lever la tête. L'Accordeur pointe son archet vers son oreille et le fait lentement descendre le long de son cou. Osvaldinho s'accroche désespérément à son balai, son souffle s'accélère, ses genoux se dérobent sous lui, il baigne dans sa javel. L'archet s'enfonce un peu plus, la corde s'étire, il sent une goutte de sang glisser sur sa peau, il va crier mais l'Accordeur le repousse vers les escaliers. Il rampe vers la sortie, la crasse colle sur ses doigts, il ne pense qu'à quitter le pavillon 7 au plus vite. Accroupi aux pieds de Zé, l'Accordeur murmure des paroles inaudibles. Son lieutenant ouvre les yeux et le regarde un long moment puis pose sa main dans la sienne. L'Accordeur l'aide à se relever et lui donne l'accolade. Son corps puissant fait barrage. Comme une armure. Désormais Zé est intouchable.

Padre Denilson ne sait pas comment consoler Gabriela l'orpheline. Il n'a jamais vraiment su trouver les mots pour les chagrins d'amour. C'était plutôt le rayon d'Ivone mais, depuis qu'elle est partie pour São Paulo, la majorité de ses « clientes » lui reviennent. Alors, de temps en temps, il feuillette en cachette des magazines féminins et note dans un petit carnet secret des conseils pratiques, des phrases bien faites qui ne veulent pas dire grand-chose mais qui semblent pleines de sagesse. Il les a testées au confessionnal et le résultat est prometteur. Il a aussi consulté un ou deux ouvrages féministes mais leurs propos lui ont paru trop excessifs.

Padre Denilson peste. Il a égaré son carnet, il aurait pu y jeter un œil entre deux sanglots, histoire de calmer Gabriela l'orpheline. Il ne trouve rien à dire et ce n'est certainement pas le moment de parler de Dieu et de prières. Peut-être pourrait-il tenter avec la Vierge Marie. Après tout c'est une femme. Le Padre joue avec les perles de son chapelet, il frotte chaque grain avec force. Rien à faire. Son chapelet n'a pas encore les pouvoirs de la lampe d'Aladin, il ne peut plus compter sur la Providence. De lourds pas résonnent dans la nef, Gabriela l'orpheline cesse de pleurer. Une ombre se détache dans le clair-obscur. Dehors, l'orage gronde. Padre Denilson reconnaît d'emblée cette silhouette un peu voûtée, ce costume bien coupé. Doutor Augusto est revenu. Sa tête dodeline, il n'a pas la force d'avancer, le panier de provisions glisse de sa main tremblante et se renverse sur le sol. Il est encore à moitié plein. Gabriela l'orpheline court vers Doutor Augusto et l'aide à ramasser les provisions. Padre Denilson est paralysé, ses membres refusent d'obéir, il fixe le Christ en croix à l'entrée de l'église, sa couronne d'épines meurtrit sa propre chair. Doutor Augusto marmonne, affalé sur un banc. Gringa apparaît, ruisselante et hagarde, s'approche et se blottit contre lui. Ses yeux cherchent ceux du Padre, le mettent en accusation lui et son Dieu. Il recule, terrassé par la haine de son regard. Elle prend Doutor Augusto par le bras et le sort de cette église qui jadis la réconfortait.

Raide. Froid. Il ne reste que le corps nu de Manuel posé sur un drap sale. Zé cache ses larmes dans sa chevelure aux boucles brunes, Manuel était si fier qu'elle ait enfin repoussé. La tonte du premier jour l'avait longtemps traumatisé. Il pose la main sur son front puis la glisse vers ses yeux toujours ouverts. Il y plonge une dernière fois son regard et les referme en pensant à leurs années de liberté et d'errance. Zé doit oublier, tout effacer, sans quoi il ne survivra pas à l'horreur de Canju. Face à lui, une horloge indique six heures trente. Bientôt, ils viendront le prendre et le balanceront dans un trou à quelques mètres de Canju, sur un terrain vague. Une tombe anonyme à partager. La promiscuité même dans la mort. Zé n'acceptera pas. Manuel aura une belle tombe à lui tout seul avec des lettres d'or et une photo, comme il en a vu dans les films. Et puis des fleurs. Fraîches. Pas ces fleurs artificielles que le temps décolore. Des fleurs comme dans l'église de

Padre Denilson, pleines de couleurs et de parfum. Zé trouvera l'argent, Manuel aura sa tombe, la seule chose qu'il aura jamais.

Gringa s'est vêtue de noir. Une mantille de dentelle emprisonne ses cheveux, ses yeux débordent de tristesse et d'amertume La madone de la Place s'avance, statue d'albâtre effritée par le malheur. D'un geste las, elle salue Doutor Augusto, Pipoca, le Padre et les autres avant de monter dans le taxi. La Place disparaît puis le Pelourinho. Loin de leur bienveillante sollicitude, Gringa s'effondre, elle a les mains glacées, le courage l'abandonne chaque minute un peu plus. Le chauffeur n'ose plus regarder le rétroviseur, ses larmes silencieuses le déconcentrent, il jure de ne plus accepter de courses pour Canju. Chaque fois, c'est pareil, un voyage qui lui donne le cafard pour le reste de la semaine Au diable l'argent. Désormais, il se contentera de petits trajets intra-muros. La cliente parle pour la première fois. Une voix grave, déchirée. Elle le presse, lui demande d'accélérer, les portes du pénitencier ferment dans quelques heures, il lui faut arriver au plus vite. Les pensées se bousculent dans sa tête, les fouilles, le rendez-vous avec le directeur, les longs couloirs, le cliquetis des clés, les insultes et les menaces des gardiens et des prisonniers. Et surtout, cette odeur. Gringa suffoque déjà. Elle revoit sur la Place Sérgio avec Zé et Manuel. Un trio complice. Ils s'aimaient tant. Elle ne repartira pas sans Zé et Manuel. Cette fois, elle ne les laissera pas seuls, les enfants de la Place doivent rentrer. Les amis préparent l'église pour d'ultimes retrouvailles. Gringa serre son appareil-photo contre sa poitrine. À la moindre contestation, elle mitraillera Canju et en fera le nouveau bagne sud-américain. La presse raffole de ces histoires sordides. Le taxi s'arrête, ils sont arrivés. Gringa est prête. L'Accordeur l'attend.

Osvaldinho a quitté le pavillon 7 en quatrième vitesse. Il a repris sa tournée et se dirige vers le pavillon 5 où il est convoqué. Sale journée. Il redoute cet entretien au fief du CV[1], faction crainte par les prisonniers, l'administration et les politiques. Mais, à Canju, le CV a échoué, l'Accordeur veille en maître incontesté, enfin presque. Il reste le terrifiant Pimentão et son pavillon 5, petit bâtiment proche du cimetière. Les mauvaises langues racontent que c'est pour

1. Comando Vermelho.

ne pas perdre trop de temps à enterrer leurs morts. Au pavillon 5, ils ont accès direct au terrain... Osvaldinho vient au rapport le pas lourd, même sa javel se terre au fond du seau. Son corps élastique semble de plus en plus mou, sa crête s'est affaissée. Il monte les escaliers sans se presser. De grosses mouches bleues s'acharnent sur des cadavres de fruits pourrissant sur chaque marche. Un frisson lui parcourt l'échine. Des mouches ventrues, gavées d'immondices. Il a du mal à résister, son balai le démange, la pointe de son canif s'impatiente, elle veut transpercer cette chair trop pleine, mais Pimentão l'attend au dernier étage de sa suite carcérale, entouré de ses laquais. Il a eu vent de la mort de Manuel et de l'adoubement de Zé. Osvaldinho n'aime pas venir ici, et aujourd'hui, moins encore. Cette convocation ne lui plaît pas. Il a toujours su garder une certaine neutralité, cette fois Pimentão ne le laissera pas filer. Il va vouloir des informations et la tête de Zé. Osvaldinho ne sait pas encore comment refuser.

Turco monte dans la Coccinelle verte sans un mot, une vieille voiture d'occasion qui fonctionne à l'alcool, couverte d'autocollants « Bébé à bord », « Jésus vous aime ». Assis derrière, le ballon rouge sur les genoux, l'enfant chantonne tout en dessinant sur les vitres embuées. Turco se laisse guider par cette femme forte et tranquille. Ses ongles courts et sans vernis le rassurent. Sa main passe les vitesses avec détermination et de temps en temps joue avec le bouton de la radio pour éviter la publicité. La Coccinelle s'éloigne du cœur de Salvador, le béton cède la place à une route de terre battue parsemée de maisons de bric et de broc et de bananeraies. Des gamins dépenaillés suivent la voiture sur leurs vélos de fortune. L'enfant les salue gaiement et les regarde s'éloigner dans les volutes de poussière. La radio grésille, la voix du chanteur devient hachée puis disparaît. L'enfant s'est assoupi, la tête lovée sur un sac de linge sale, le ballon a glissé vers l'avant. Sa mère s'attendrit un instant, passe au point mort puis pose sa main sur la cuisse de Turco. Elle gare la voiture sur le bas-côté, la maison n'est pas très loin mais qu'importe.

La toilette de Manuel est terminée, il a meilleure allure avec ce costume et ses cheveux peignés. Et puis il sent bon cette eau de Cologne que Doutor Augusto leur a donnée mercredi dernier. Zé est content de lui, avec du maquillage, il aurait fait des miracles. Manuel est usé jusqu'aux os, Canju l'a brisé, mutilé. La maladie et le manque de médicaments aussi, sans aucun doute. La peur a porté le coup fatal. Insidieuse, gluante, elle tue dans l'impunité la plus totale. Pas un jour sans victimes. Une comptabilité irréprochable, un quota de morts quotidiens. Elle achève ceux qui ne lui résistent pas. Manuel n'a pas su dissimuler, se composer ce visage sans vie, cette expression éteinte, cette indifférence salvatrice. Manuel est la proie du jour. Demain il y en aura d'autres. Encore et encore. Zé ferme doucement la porte de l'infirmerie, il répugne à le laisser seul dans cette pièce sans lumière sans une bougie pour le veiller. Il se dirige vers le pavillon 7 pour prévenir l'Accordeur que Manuel est prêt à partir. Mais Osvaldinho et les larbins de Pimentão lui barrent le passage, ils l'escortent jusqu'au pavillon 5 où leur chef l'attend.

L'Accordeur pose délicatement son violon sur ses genoux. Le parloir est vide, les gardiens évaporés, la Gringa ne va pas tarder à arriver, elle plaide la cause des deux gamins dans le bureau du directeur sans savoir que c'est à lui que revient la décision finale. Manuel sortira, son

cadavre n'est utile à personne dans ces murs.
Quant à Zé, c'est autre chose, enfant de la
Place, il ne trahira pas. Dehors, aucun avenir ne
l'attend. Ici, il prendra un jour la relève. Sa
relève. Zé n'a plus que quelques mois à tirer
mais l'Accordeur trouvera un moyen de le faire
rester, il lui collera son prochain meurtre sur le
dos. Il pince les cordes de son violon, son archet
attend sur une chaise, impatient. L'Accordeur
n'a plus revu Gringa depuis la disparition de
Maria Aparecida, depuis cette nuit tragique où
il a fui Salvador. Il se souvient encore d'un
regard d'une indescriptible douceur sans lequel
elle n'aurait jamais eu la vie sauve. Un de ses
hommes frappe à la porte, Gringa apparaît. Il se
lève pour l'accueillir. Elle lui tend la main et la
retire aussitôt, comme si son contact l'effrayait.
Elle a changé, elle a le regard voilé, le visage
impénétrable, la démarche mal assurée. L'Accordeur est déçu, il la croyait invulnérable,
pleine de confiance. Ses doigts tambourinent
sur la table, le parloir lui semble soudain
minuscule, étouffant, il doit sortir, retrouver sa
cour et son ciel ouvert. Elle sent son humeur
maussade. Alors elle pose sa main sur la sienne.
L'Accordeur est envahi par ce semblant de tendresse. Il l'écoute.

Pimentão a une sale réputation à Canju et il y travaille avec un certain plaisir et sans beaucoup d'efforts, la cruauté chez lui est naturelle, un don du ciel comme il aime à le répéter. Depuis plusieurs mois, sa réputation souffre de la concurrence de l'Accordeur, de sa corde précise et de son élégance dans le crime. Sans parler de ce pavillon 5, bâtiment vétuste dont il doit se contenter, entre le cimetière et la lingerie. Pimentão ne supporte pas cette humiliation et n'a de cesse de ruminer sa vengeance. D'ailleurs, en ce moment, il s'amuse avec Zé qu'il a pris en otage. Si la pédale ne lui amène pas l'Accordeur à la tombée de la nuit, son macchabée de Manuel ira aux chiens. Adossé au mur, Osvaldinho observe Zé. Il ne bronche pas mais ses yeux crachent la haine. Il ne reste rien du gosse apeuré de tout à l'heure. L'Accordeur a bien choisi son héritier.

Dinora étend le linge d'un geste rapide et sûr. Elle a encore deux machines et trente-trois uniformes à repasser avant sa livraison de fin de journée. Elle aimerait profiter cette nuit encore du corps de Turco, il va falloir se dépêcher et expédier le petit au lit sans plus tarder. Turco somnole dans le jardin, un œil sur les hanches de Dinora qui ramasse son linge. Elle passe devant lui avec un gros panier rempli d'uniformes beiges, il n'arrive pas à lire les lettres noires sur le dos. Sans doute un de ces supermarchés français. Dinora installe sa planche et repasse avec application. Turco se lève pour l'enlacer, elle sent bon le savon. À travers son épaule, il distingue maintenant parfaitement les lettres et peut lire : *Canju, pénitencier fédéral*. Il s'écarte de Dinora et reprend sa place au soleil, il avait oublié Zé et Manuel.

Osvaldinho examine scrupuleusement la bouteille que lui a jetée Pimentão en guise de récompense. Une canette tiède et poisseuse aux bords rouillés. Elle doit venir de la réserve du directeur, la petite pièce où personne ne peut entrer. Mais Osvaldinho sait bien ce qui s'y passe, chaque fois qu'il s'en approche, c'est un carnaval. Rats et cafards s'en donnent à cœur joie, provoquant un tintamarre assourdissant. Il imagine les rats se promener entre les cartons de riz et d'haricots noirs, leurs griffes crochues glisser sur les packs de soda. Sa respiration s'accélère, le cri va jaillir mais il s'étouffe dans sa gorge. Osvaldinho a la rage, Pimentão s'est bien moqué de lui. Ce n'est pas du Coca mais du Pepsi. Un ersatz trop sucré, insipide. L'affront est impardonnable. Une seule canette de ce foutu Pepsi et sale en plus. Il méritait au moins deux caisses de Coca-Cola. Neuves et sous plastique. Assez d'humiliations pour aujourd'hui, l'heure des comptes a sonné. Son balai et son seau rempli à ras bord, Osvaldinho se sent d'attaque. Il est temps d'aller faire un vrai ménage...

Gringa avale une gorgée d'eau. L'entretien est terminé, l'Accordeur a regagné son territoire afin d'organiser le départ de Manuel. Il n'a rien voulu savoir au sujet de Zé. Elle a tout essayé mais il est resté insensible à ses arguments. Zé ne sortira pas de Canju. La porte s'ouvre, les gardiens reprennent leur poste pour la dernière heure de visite. Une femme entre et salue les matons un à un, elle semble bien les connaître. Dans ses bras, un panier que personne ne contrôle. Elle marche avec nonchalance vers le fond de la salle. Son fichu rose contraste avec sa peau sombre et la pâleur de Gringa. Les deux femmes se dévisagent sans animosité. Dinora s'assoit et lisse les plis de sa robe tout en jetant de discrets coups d'œil vers l'inconnue. Pimentão arrive et la siffle sous le regard complice des gardiens. Dinora sent le danger, elle avance et prend son mari par le bras pour l'emmener loin de cette femme. Pimentão ne lâche pas Gringa des yeux. La nouvelle conquête du violoniste, paraît-il.

Face au miroir, Zé ne se reconnaît plus. Ses traits s'effacent, la peur a gagné du terrain, le masque beige s'étend. Il pose ses mains sur son visage, il veut arracher cette cire épaisse, qu'elle aille se répandre sur un autre. Zé ne cédera pas. Il ouvre le robinet et s'asperge d'eau glacée, les traces persistent. Il coupe l'eau froide et la laisse couler jusqu'à ce qu'elle devienne bouillante puis y plonge son visage. Sa chair brûle, la douleur est insoutenable mais il résiste. Zé aimerait oublier les ordres de Pimentão, non il ne peut pas abandonner Manuel. Pas maintenant. Il trahira l'Accordeur, jamais il ne le donnera à Pimentão, il le tuera. Zé redresse la tête, il se retrouve.

L'air caresse le bois clair du violon, les cordes tressaillent et émettent de petites notes de contentement. L'Accordeur tend l'oreille, leur sonorité est étrange, trop aiguë. Pavillon 7, les ampoules entament leur va-et-vient nocturne tandis que les hommes regagnent leurs cellules un à un, dans un ordre préétabli. Les plus démunis iront au fond près de l'urinoir, les privilégiés pourront s'allonger sur le sol à proximité de la cour. Certains tentent de négocier quelques heures de sommeil ou une place proche de la télévision. L'Accordeur cherche Zé, il fronce les sourcils, le gamin n'est pas à son poste. Pour la première fois. Cette absence n'augure rien de bon. Il installe sa chaise au milieu de la cour et attend que la rumeur vienne à lui. Elle finit par arriver en traînant, un seau dans la main, sa dignité dans l'autre. Osvaldinho vient se faire pardonner et le prévenir du danger qui le guette. L'Accordeur écoute, imperturbable. Osvaldinho repart satisfait, l'Accordeur l'a autorisé à nettoyer le pavillon 5.

Turco surveille l'enfant distraitement. Le petit refuse de dormir et joue avec son ballon, il ne veut pas de sa compagnie. Dinora les a laissés le temps de déposer son linge à Canju, elle a promis d'être de retour avant le coucher du soleil. Turco allume la télévision, il croit reconnaître Ivone, non, un mirage. L'ennui commence à pointer son nez, il ne va pas faire long feu ici. Une mauvaise réception rend l'image floue, cela suffit à l'exaspérer, il éteint le poste et erre dans la petite maison. Le garçon arrive en courant et le tire vers la cuisine, il a faim. Perplexe, Turco le regarde sans comprendre. L'enfant ne se démonte pas et réclame à manger une fois de plus, une pointe d'exaspération dans la voix. Turco ouvre le frigo, sort lait et pain de mie. L'enfant attend patiemment qu'il termine. Turco cherche la confiture dans les placards mais ne trouve pas. Les armoires croulent sous des bocaux hermétiques. Il en ouvre un. Dedans des sachets en plastique transparent, bourrés de poudre blanche. Le genre de produit que Zé et Manuel vendaient certains soirs de vaches maigres, la raison pour laquelle ils ont été expédiés à Canju. Turco referme brutalement le placard et prend l'enfant par la main. Ils vont retrouver sa maman en prison. Le goûter attendra.

Gringa parlemente avec le gardien-chef, les portes vont fermer, elle ne peut plus attendre l'Accordeur, il faut récupérer Manuel. Le surveillant émet un refus catégorique, il ne peut pas sans l'accord de ses supérieurs. Demain, elle aura peut-être plus de chance avec le directeur. Les détenus ne font pas la loi à Canju malgré certaines apparences, tonne-t-il. Gringa perd patience et le bouscule pour dégager l'entrée du parloir. Personne ne l'empêchera de partir avec Manuel. Pimentão observe la scène d'un œil amusé. Dinora, elle, a perdu sa superbe, cette inconnue va créer un drame. Son mari s'empresse de se lever et se dirige avec bonhomie vers Gringa. Il a pris son air conquérant et, avec un grand sourire, lui propose de l'escorter sous bonne garde jusqu'à l'infirmerie. Gringa a un mouvement de recul, elle se méfie de cette soudaine amabilité. La femme au fichu rose a le visage défait, elle croit y déceler de la jalousie et détourne les yeux. L'appareil-photo bien en main, elle s'approche de Pimentão. Le gardien-chef les laisse sortir sans un mot, trop occupé à compter ses nouveaux billets. À Canju, les règles changent très vite.

Les mains se tendent à travers les barreaux des cellules. Il avance dans le couloir, les gardiens le saluent, le félicitent pour sa promotion, une note de crainte dans la voix. Zé descend les étages pour accéder à la cour où son chef l'attend, il a glissé un poignard dans sa chaussette. À l'arme blanche, ses chances sont faibles mais il n'a pas réussi à trouver de flingue en si peu de temps. Jamais il ne donnera l'Accordeur vivant à Pimentão. La peur a déserté son visage, il arrive dans la cour escorté par la multitude invisible. Un air nostalgique l'accueille, des accords graves et tendus. L'Accordeur joue ce soir à guichet fermé. Face à son public, le dos tourné vers l'entrée du pavillon 7, à la merci de Zé et de son poignard.

La Place prépare les funérailles de son enfant. Rubi et Safir remplacent les vieux cierges rabougris par de grandes bougies colorées tandis que Sônia la putain dispose les fleurs, secondée par Gabriela l'orpheline. Pipoca passe entre les rangées, dépose les feuilles de chants, il prend sa mission très à cœur et en profite pour répéter les cantiques. Doutor Augusto s'est réfugié dans la sacristie pour écrire un texte en l'honneur du défunt mais son chagrin l'empêche de se concentrer. Les autres attendent dans le recueillement que Gringa arrive avec les petits. Un vent frais souffle sur la Place, les premières étoiles apparaissent dans le ciel endeuillé. Le Padre traverse le chœur et rejoint le docteur. Il vient chercher son aube et prendre des nouvelles. Gringa n'a pas donné signe de vie, ils ne s'inquiètent pas outre mesure, les formalités liées au décès ont dû l'accaparer, ils ne vont plus tarder. Un homme frappe timidement à la porte, il tient nerveusement un chapeau de paille entre ses doigts noueux et ose à peine les regarder. Le Padre le presse de parler. L'homme est chauffeur de taxi, il a emmené leur amie à Canju mais les portes du pénitencier se sont fermées sans qu'elle réapparaisse. Les gardiens lui ont conseillé de partir sans quoi il passerait la nuit au frais, de l'autre côté du mur. Effrayé par ces menaces, il a regagné Salvador en vitesse, et maintenant sa conscience le travaille. Si l'un d'eux voulait bien l'accompagner, peut-être trouverait-il le courage de retourner à Canju.

Le regard torve de Pimentão glisse sur Gringa qui dissimule tant bien que mal son dégoût. Il a posé sa main boudinée autour de sa taille et lui fait visiter le pavillon 5, le temps qu'on prépare le corps de Manuel. Il s'enorgueillit auprès de ses hommes d'avoir séduit la dulcinée du violoniste. Sans armes ni menaces, elle a suivi le vrai chef. Des détenus serviles applaudissent mais Pimentão n'entend que les hurlements de son rival, il l'imagine suppliant, à sa merci. Gringa s'écarte imperceptiblement de son geôlier, elle cherche un peu d'air, une fenêtre. L'odeur suffocante du bâtiment l'asphyxie, pénètre chaque pore, s'infiltre et s'agrippe à sa peau. Elle se sait piégée, il est désormais trop tard pour les regrets. La flatterie reste sa seule chance. Un article sur le plus grand trafiquant de Bahia. Il l'écoute avec intérêt, l'idée le séduit, ils vont monter dans ses appartements. Dernier étage du pavillon 5, vue plongeante sur le cimetière, parfait pour ses photos. Ce reportage assoira sa réputation en dehors de ces murs. Des rires gras accompagnent leurs pas. Dans la pénombre, Gringa plonge son pied dans une flaque d'eau, une forte odeur de javel lui monte au nez. Le souffle court, Pimentão grimpe les marches sans remarquer la propreté des lieux ni Osvaldinho qui s'est fondu dans l'obscurité.

Turco file sur la moto du voisin à travers les champs de bananes. Il va à Canju rendre le gosse à sa mère avant de quitter Bahia. Peut-être ira-t-il rejoindre Ivone à São Paulo. Le tonnerre illumine la route de terre battue et fait frissonner l'enfant derrière lui. Ses petits doigts s'accrochent à son tee-shirt, sa tête se presse contre son dos, son cœur bat, des coups saccadés et violents, d'une force impensable pour un si jeune enfant. Turco s'attendrit et lui presse la main en signe de réconfort. Une pancarte prévient qu'ils sont désormais proches du pénitencier fédéral. Le petit le guide vers l'entrée du pavillon 5, il avoue fièrement qu'il connaît bien les lieux, sa mère l'emmène une fois par mois voir son papa, le fameux Pimentão. Turco cache sa surprise et maudit sa malchance. Des cercles de lumière blanche les aveuglent, inquisiteurs et froids. Le mirador les ausculte de son rayon superpuissant. L'enfant se réfugie à nouveau contre lui, cherchant un peu de chaleur. Un bus rempli de tristesse passe de l'autre côté de la route, le chauffeur lui conseille de rebrousser chemin, les visites sont terminées pour aujourd'hui. Turco gare la mobylette près du pénitencier puis avance vers la lourde porte de fer gris. Un homme à la mitraillette omnipotente les repousse vers le parking. Turco désigne l'enfant et affirme que Pimentão les attend à l'intérieur, le gosse répète avec orgueil le nom de son père. L'homme vocifère dans un talkie-walkie puis les laisse passer. Main dans la main, Turco et Pimentinha[1] entrent.

Un coup net et profond dans la jugulaire. Zé ne doit pas hésiter plus longtemps, tant pis s'il

1. Petit piment.

216

l'attaque de dos, tant pis s'il n'a plus d'honneur. La joue contre son violon, l'Accordeur abandonne la cour et s'évade, indifférent à la mort immobile derrière lui. Les notes s'égrènent une à une, se dispersent dans la cour, Canju et le pavillon 7 n'existent plus. Paralysé, incapable de glisser la main dans le revers de son pantalon où il a caché son couteau, Zé ne bouge pas. Il pense à Manuel, seul à l'infirmerie, il lui tarde de le rejoindre. Il saisit le poignard, frotte sa lame glacée contre son poignet et le brandit vers son chef. Les notes s'étranglent. Le poignard et l'archet tombent à terre dans un bruit sec. Le sang de l'enfant de la Place se répand dans la cour.

Osvaldinho tapote de sa longue main désarticulée sa javel, elle frétille un peu trop bruyamment dans son nouveau seau, son clapotis finira par alerter cette vermine de Pimentão. Il l'entend vanter sa puissance et se moquer de l'empire déclinant de l'Accordeur. Osvaldinho a les sens en alerte, la sueur nauséabonde approche et révulse ses narines délicates. Une femme suit le chef du pavillon 5, elle scrute la pénombre, consciente d'une présence dissimulée. Son corps apeuré le frôle. Pimentão renvoie ses laquais vers les étages inférieurs pour empêcher toute incursion dans sa suite, personne ne doit interrompre sa séance photo avec Gringa. Osvaldinho se faufile derrière le couple. La femme jette des coups d'œil vers l'arrière, rassurée par cette présence discrète, elle croit reconnaître l'Accordeur. Les yeux brillants de convoitise, Pimentão s'approche d'elle, il réclame son dû. Osvaldinho reconnaît sans peine cet éclair vicieux, pareil à celui des rats affamés, il ne supporte pas ces bestioles immondes, ces rongeurs avides et mesquins. L'image de la canette de Pepsi rouillée lui revient. Il écarte Gringa, c'est l'heure de se débarrasser de cette saleté de bête, de la tuer, de la réduire à néant, de la neutraliser à tout jamais. Le cri monte dans sa gorge et explose dans le pavillon 5. Le canif plonge, une fois, deux fois, dix fois. La masse informe de Pimentão s'écroule. Osvaldinho renverse sa javel sur le cadavre. Le ménage est terminé, il lui faut un Coca. Bien frais.

Le panier pèse lourd ce soir. Dinora ne cesse de penser à Gringa, à Pimentão et à ses jeux cruels. Messagère, lingère, pigeon voyageur, autant de mensonges pour dissimuler ce qu'elle est devenue au fil du temps : une dealeuse, la plus efficace de tout l'État de Bahia, se vante Pimentão, fier des idées dont elle regorge pour cacher la came. Si Dinora a été si ingénieuse, ce n'est que pour protéger son fils. Elle est pressée de le retrouver. Le gardien-chef l'appelle, il a perdu son sourire aimable et la toise avec mépris. Qu'elle récupère en vitesse son gamin et qu'elle s'en aille, Pimentão s'est fait buter, elle n'a plus rien à faire ici. Dinora court vers son petit, le panier d'uniformes tombe à terre, les sachets de poudre blanche se dispersent dans le parloir. Turco tend l'enfant à sa mère et détourne la tête, il n'a rien à voir avec cette femme et son trafic, il est venu pour Zé et Manuel. Le gardien-chef éclate d'un rire méchant. Si Monsieur veut bien le suivre à la morgue...

L'Accordeur ramasse son archet, la corde s'est rompue. Zé a résisté jusqu'au bout, ses yeux résolus et sans crainte plongés dans les siens. Son poignard brille dans la pénombre, à côté de son bras inerte. L'Accordeur ne parvient pas à détacher son regard du sol. Il saisit l'arme de son petit lieutenant, le poignard pèse à peine quelques grammes, léger comme un jouet d'enfant. Il le glisse dans sa ceinture, attrape avec répugnance l'archet posé sur la chaise et le brise.

Le taxi jure qu'on ne l'y reprendra plus à se laisser attendrir par les femmes et les curés, il patiente depuis plus d'une heure et ses clients ne sortent toujours pas du bagne. À continuer comme ça, il finira par charger des évadés... Les lourdes portes du pénitencier s'ouvrent enfin sur une vision saisissante, céleste. Une multitude de bougies de cire pâle s'accrochent aux fenêtres des onze pavillons. Leurs flammes vacillantes escortent deux cercueils vers la sortie et illuminent les drapeaux noirs accrochés aux barreaux. Ils flottent avec panache. La plainte aiguë d'un violon rôde. Gringa mène le cortège, Padre Denilson et Turco marchent derrière les cercueils de bois grossier que des compagnons de cellule ont tenu à porter. Le taxi désormais corbillard les emporte sans bruit vers Salvador. Sur le toit du pavillon 7, l'Accordeur accompagne de ses yeux sombres les enfants de la Place, il ne les reverra plus, il suit les phares rouges jusqu'à ce qu'ils disparaissent dans l'obscurité. Alors, d'un signe de la main, il donne le signal. Une à une, les bougies s'éteignent, avalées par la nuit. Canju s'efface. Sur le bord de la

220

cellule 402, seul le cierge de Zé survit. La cire beige fond, glisse le long de la pierre, rampe entre les briques avant de s'enfoncer dans la terre. L'Accordeur entoure la flamme de sa main pour la raviver une dernière fois avant qu'elle ne meure, elle aussi. Il approche son violon du cierge, le feu enlace l'instrument, le dévore. Le bois crépite puis s'embrase. Les cendres s'envolent au loin, vers Iemanjá, la reine mer. Il ne reste que l'écho d'une mélodie tzigane.

La porte de bois sculpté est grande ouverte, des hymnes de joie résonnent, l'heure est à la fête. La Place retrouve ses enfants pour une dernière célébration. Orchidées, arums, roses et lys accueillent Zé et Manuel en une allée chatoyante. La lune brille entre les vitraux, ses rayons multicolores scintillent sur les murs délavés. Sous sa mantille de dentelle noire, Gringa clôt la procession, elle monte lentement les marches de l'église, le vent la malmène mais elle s'engouffre dans la nef en un ultime effort. La foule est dense, elle ne reconnaît personne. Ni Gabriela l'orpheline, ni Pipoca, ni Rubi dont la joie s'est envolée. Au pied de l'autel, majestueuse et vêtue de blanc, Maria Aparecida l'attend. Gringa relève son voile noir, il tombe

entre les pétales, un parfum doux-amer l'emprisonne, des tambours l'encerclent, Gringa entre
en transe, une force inconnue l'étrangle. Maria
Aparecida pose une main ridée sur ses paupières
lourdes de larmes et efface les traces de ce matin
d'avril, ailleurs, dans une autre vie.

Je m'appelle Maria Aparecida, reine de
Bahia, adulée de tous, je me lave les mains dès
que je peux, ce n'est pas une manie, mais une
façon d'effacer le désespoir que j'ai engendré.
J'ai feint la folie pour oublier ces yeux d'enfant
qui quémandaient un amour que je ne pouvais
pas donner. J'ai sacrifié mon fils pour la gloire
et les hommes. Iemanjá n'a pas voulu de sa tristesse, alors, pour me punir, il a tué la joie des
autres. Déesse de la mer, pardonne-moi et sauve
mon fils de ses tourments, que ton écume lave
ses crimes et me noie.

DU MÊME AUTEUR

Au Mercure de France

LES ENFANTS DE LA PLACE, 2003 (Folio n° 4232)

Composition Graphic Hainault
Impression Bussière
à Saint-Amand-Montrond, le 24 mai 2005.
Dépôt légal : mai 2005.
Numéro d'imprimeur : 052188/1.
ISBN 2-07-030092-7./Imprimé en France.

131790